coleção
rosa manga

O BESOURO E O DIAMANTE

Gílson Rampazzo

O BESOURO E O DIAMANTE

ROMANCE

1ª edição, 2023, São Paulo

LARANJA ● ORIGINAL

1

O besouro voava em seu voo irregular feito de desvios para a esquerda e para a direita, quase meias-voltas, para algum destino indeterminado, caso alguém o observasse, o que ninguém fazia. Talvez movido por instinto procurasse fezes ou uma parceira, se macho; ou macho, se fêmea, as asas oscilando rápidas, erguidas as carapaças que lhe dão proteção, atendendo ao comando de seu minúsculo cérebro que dita as poucas funções a que um besouro obedece em sua breve vida de besouro. Ainda mais aquele, que não era um besouro grande – um pequeno besouro de não mais que um centímetro e dois milímetros, dir-se-ia um besourinho, que voava seu voo irregular em direção a sabe-se lá o quê. Normal, portanto, que, por ser assim tão pequeno e por ser noite, não prestasse atenção ao besourinho que voava, ainda mais por estar ensimesmado como estava, ali sentado, pensando.

Ali era uma estranha mureta, de mais ou menos meio metro de altura e uns trinta centímetros de largura, colada a um muro alto, mais alto que um homem alto, provavelmente construído atrás do muro original, de que restou a mureta que agora lhe servia de banco, suficientemente cômodo para que ele se sentasse com algum conforto e ficasse à vontade para fazer suas reflexões e pensar sua talvez possível dissertação de mestrado, como fazia agora, alheio ao besouro, na verdade um besourinho, que seguia em seu instintivo voo de destino incerto.

Subitamente, como às vezes acontece com o voo de besouros e besourinhos, o besourinho deu meia-volta e inverteu o rumo que seguia em direção ao rapaz sentado na mureta e se dirigiu à parede oposta ao muro da casa em que o rapaz pensativo se encostava. Iria chocar-se com aquela parede de casa, que por ser parede sem janelas não carecia de um muro? Provavelmente sim, se não mudasse logo seu rumo e novamente desse meia-volta, ou melhor ainda, um quarto de volta, que lhe abriria bem mais espaço para os dois lados daquele beco, limitado pelo muro mais alto que um homem e pela parede sem janelas da casa. E enquanto o besourinho desviava novamente seu rumo, evitando o choque com a parede sem janelas da casa oposta à mureta onde o rapaz de vinte e três anos estava sentado, pensando nos conteúdos da dissertação que andava redigindo, base, talvez, de uma futura tese, o rapaz olhava a rua, de onde se originava o beco, porque um carro passou, distraindo seus pensamentos.

Como se recusasse a distrair-se com a rua, que tinha um

poste de iluminação que naquela hora, como seria em todo o resto da noite, iluminava uns cinco ou seis metros do início do beco até o ponto em que a parede sem janelas permitia que a luz do poste iluminasse, ele olhou para o lado oposto da rua em direção ao beco, que terminava uns vinte e cinco a trinta metros de onde ele estava, quando se abria num espaço mais largo, de uns dez metros, espaço ladeado por meia dúzia de casas, três de um lado, três de outro, parcamente iluminado por luzes que vasavam de janelas dessas casas, uma pequena vila. Seria o besourinho atraído por alguma dessas luzes, a do poste, mais forte, ou a das janelas das casas no fim do beco, quase penumbra?

Fato é que o rapaz que pensava na dissertação preparatória de sua talvez futura tese, em que analisaria a vida de cinco rapazes da periferia, um desses cinco ele próprio, não percebeu ainda o voo irregular do besourinho, que, desviando da parede manchada de um marrom escuro quase preto de umidade e de fungos que revelavam a antiguidade da pintura que um dia foi branca, voava em direção a ele.

Ao olhar para o fim do beco, o rapaz, que morava na segunda casa à direita de quem viesse da rua que tinha o poste cuja luz iluminava o início do beco, parou de pensar na talvez futura tese e considerou que a mãe já devia ter assistido à novela e já teria desligado a televisão, preparando-se para dormir. Então ele teria a tranquilidade para ler mais umas páginas do livro de Sociologia que estava lendo e talvez redigir mais um pouco do ensaio preparatório de sua talvez futura dissertação de mestrado. Ficou ainda um pouco sentado na mureta, pés pousados no chão, os mesmos pés que dali a pouco sustentariam seu impulso de levantar-se, agora sem pensar em nada muito significativo, apenas que logo se levantaria dali para voltar à sua casa, mas foi pouco antes de atender ao impulso de levantar-se que viu o besourinho que voava a uns poucos metros de si em sua direção. E vindo, agora num voo quase em linha reta, como se estivesse decidido a pousar em algum lugar, o que de fato aconteceu, ao pousar em seu joelho direito. Ali ficou, parado, apenas pousado, certamente cansado de seu voo inútil, talvez tentando recuperar a energia gasta no seu voo irregular sabe-se lá de quanto tempo.

O rapaz olhou o besourinho entre surpreso e curioso e um leve sorriso desenhou-se em seus lábios fechados. Mas olhou assim só por olhar, sem nada pensar sobre aquele fato inusitado de sua vida, de um besourinho pousar em seu joelho e ficar parado, sem pensar, por exemplo, no que fazia ali aquele besourinho de pouco mais de um centímetro pousado em seu joelho direito. Também sem pensar, levantou um pouco sua mão direita que estava, como a esquerda, do outro lado, pousada e pressionando o banco/mureta em que estava sentado, até então pronta, junto com a esquerda do outro lado de seu corpo, para sustentar o impulso inicial de levantar-se, o que teria acontecido, se o besourinho não tivesse pousado em seu joelho direito, provocando a surpresa e a curiosidade que o fizeram abortar o ato de levantar-se.

Já não pensava, nesse momento, na possível futura tese, na verdade apenas um trabalho de conclusão de curso, em que analisaria as trajetórias de vida dele e de seus quatro amigos do tempo em que cursaram o ensino médio, menos ainda pensava nas implicações sociais e econômicas que determinaram rumos de vida tão diferentes para cinco rapazes da periferia da zona leste de São Paulo onde se situava aquele beco que dava passagem para sua casa, a segunda do lado direito, para onde, pouco antes de o besourinho pousar, pensava em se dirigir, acreditando que sua mãe já tivesse desligado a televisão. Não, agora, num gesto não pensado, quase instintivo, a mão direita deixava de ser a alavanca inicial do impulso de levantar-se, antes pretendido, e, enquanto se afastava da mureta/banco em que estava sentado, prendia firmemente a unha do dedo indicador na carne macia do polegar, armando-se pronta para dar um piparote no besourinho pousado em seu joelho direito, uma estilingada que certamente o atiraria longe.

O besourinho permanecia imóvel, as patinhas firmemente presas no tecido da calça jeans desbotada que cobria o joelho dele, obedecendo a sabe-se lá que impulso de seu cérebro de poucas funções, porque pouco se sabe das intenções de besouros, a não ser comer e reproduzir-se, o que, sem dúvida, não acontecia ali. Mas o rapaz não cogitava, no momento em que sua mão direita já se aproximava do besourinho, nem em sua talvez futura tese (um TCC, na verdade), nem se sua mãe já teria desligado a TV e muito menos nas misteriosas intenções instintivas do besourinho pousado em seu joelho direito. A mão direita, já armada, somente cumpria sua função de atender ao óbvio gesto quase instintivo de dar um piparote naquele besourinho intruso pousado no joelho direito dele.

E assim fez. O impacto da unha do indicador da mão direita do rapaz no besourinho deve ter sido violentíssimo para o animalzinho, talvez a mais agressiva experiência de sua curta vida de besouro de poucas funções, mas não suficiente para matá-lo, nem mesmo atordoá-lo, porque o processo evolutivo dos besouros deu-lhe a proteção daquelas duras carapaças que lhe são peculiares. E o rapaz, satisfeito com o sucesso ofensivo de seu gesto de dar um potente peteleco no besourinho, ficou observando sua trajetória no ar, uma longa e regular parábola, até cair no chão, próximo à parede sem janelas da casa. Firmando a vista para ver melhor, o rapaz viu o besourinho caído de costas mexer as perninhas, a indicar que ainda estava vivo.

Mas acendeu-se em seu interior súbito senso de humanidade e tomado de pena do animalzinho levantou-se para ajudá-lo a desvirar-se e seguir a sua vida de besouro de poucas funções. Surpresa: o próprio besourinho, apoiando-se em alguma coisa que brilhava, desvirou-se e saiu andando em passos lentos de besouro, para seguir, aparentemente sem sequelas, sua vida de poucas funções no voo que já armava, abrindo sua carapaça protetora das asas. Nesse momento, o senso de humanidade do rapaz foi substituído por curiosidade, não pela vida do besouro, mas pelo que seria aquilo que brilhava, em que o besourinho tinha se apoiado para desvirar-se. E, enquanto o besourinho alçava seu voo sabe-se lá para onde, o rapaz recolheu do chão junto à parede sem janelas e manchada de umidade e fungos uma pedra translúcida, de aproximadamente meio centímetro ou menos que isso, engastada em uma base dourada com pequenas garras que prendiam a pedra translúcida.

Agora, já esquecido do besourinho e de seu destino de besouro, o rapaz olhava surpreso aquela pedra translúcida engastada em base de metal dourado presa entre seu dedo indicador e seu polegar, os mesmos dedos que há pouco haviam dado um piparote no besourinho, e posicionou-a contra a luz do poste de iluminação que iluminava a rua e uns metros do beco, para avaliar seu brilho através da luz que se dispersava ao atravessá--la. O que seria ou teria sido aquilo? Um pingente? Parte de um brinco? De um colar? Talvez um pedaço de uma bijuteria quebrada que teria pertencido a uma mulher descuidada, quem sabe a garota de dezessete anos que mora na casa em frente à sua e que vive lhe dando mole, insinuando uma relação que não lhe interessa. Prefere ficar com as moças da faculdade, sem compromissos, nenhum relacionamento duradouro que tire seu foco nos estudos. Mais tarde, quem sabe, poderá namorar, até casar, mas agora nada que o disperse dos estudos e tome seu tempo. Paixão já basta a Raquel, mas isso foi há muito tempo, esqueceu-se dela. Ou quase.

A pedra brilhava translúcida em seu olho esquerdo, enquanto o direito ficava fechado. Seria vidro? Cristal? Ou seria um diamante?... Se for um diamante, o metal em que está engastada é ouro! Nesse caso teria muito valor. Um diamante desse tamanho? O ouro que o sustenta seria troco perto do valor da pedra. Quantos livros poderia comprar com essa pedra! Aí não precisaria mais ficar tanto tempo lendo na biblioteca da faculdade, nem ficar com tanto cuidado com os livros que o professor orientador lhe empresta, como o que está lendo, nem ficar lendo na tela do computador, o que ele detesta. Poder comprar seus próprios livros, poder rabiscá-los ou escrever nas margens das páginas... Poder. O diamante lhe daria poder... Mas o que faria um diamante, parte de uma provável joia, junto a uma parede carecendo de pintura num beco de um bairro de periferia da Zona Leste de São Paulo...?

Não, melhor conter a fantasia, mais provável que seja vidro ou no máximo cristal, já que brilha tanto e é bem lapidado. Ninguém naquele bairro onde mora tem condições de ter um diamante, ainda mais daquele tamanho, sabe-se lá de quantos quilates, uma joia completamente incompatível com um beco ladeado de casas pobres que leva a casas mais pobres ainda, como a sua, uma casa de sala pequena, onde sua mãe deve ter desligado a TV em que assistia à novela, uma cozinha pequena, onde preparou o arroz, o feijão e o bifinho de coxão mole que seria logo mais o seu jantar, dois quartos pequenos, o seu, em que mal cabia sua cama e a cama que foi de Raquel, um armário e uma mesinha onde redigia seus textos, o de sua mãe, igualmente pequeno, e o banheiro também pequeno com o box apertado delimitado pela cortina de plástico, a privada e um armarinho, onde ficavam espremidos seus apetrechos de barba, as escovas de dentes, a pasta dentifrícia, seu desodorante barato e um pote de creme para as mãos da mãe, com que tentava inutilmente amaciar suas mãos calejadas pelas muitas faxinas que fazia. Não, não poderia jamais ser um diamante.

Pensou em jogar fora aquele inútil pedaço de bijuteria, mas decidiu brincar com a mãe, dizendo que um anjo fantasiado de besouro o tinha conduzido a achar um diamante valiosíssimo que iria tirá-los da pobreza. Claro que a mãe não acreditaria; ninguém acha um diamante num beco de um bairro pobre da Zona Leste de São Paulo. Mas seria divertido, e, se sua mãe estiver de bom humor, entrará na brincadeira.

2

– Mãe, você não vai acreditar no que achei. Estamos ricos, mãe!

A mãe saía do banheiro, já de camisola, pronta para dormir. Nem parecia mãe dele. Aos quarenta anos ainda tinha um corpo bem feito, sem os desequilíbrios físicos que a idade traz, como adiposidades e flacidez. Bem poderia passar por irmã mais velha do rapaz, e era de se estranhar que não tivesse um homem vivendo com ela ali.

– Não vai me dizer que achou uma carteira recheada de dinheiro... Se for isso, procure o dono.

– Não! É muito melhor que isso! Achei um valiosíssimo diamante, que vale uma fortuna!

– O quê?! Deixa eu ver.

– Olha!

Ela, até então acompanhando a brincadeira do filho, ao ver a pedra engastada na mão aberta dele, ficou séria.

– Onde você achou isso?

– No beco, perto de onde eu fico sentado.

– Some com isso, filho. Nem pense em ficar com isso!

– Por quê? É só um pedaço de uma bijuteria, eu estava brincando que era diamante... Mas é bonitinha, não é?

– É. Mas agora some com ela. Dá aqui que eu jogo na privada.

– Por quê?

– Você não vê televisão, não lê jornal. Por isso não sabe o que é isso. Isso aí estava em tudo quanto é jornal de TV e de papel, dias atrás.

– Por quê?

– Não interessa por quê. Promete para sua mãe que você vai dar sumiço nisso aí. Você promete?

– Você quer que eu coloque de volta no beco?

– Não! No beco não! Longe daqui, bem longe. Joga na privada e dá a descarga. Melhor: joga no Rio Tietê.

– Mas é só...

– É só confusão. Promete que vai se desfazer disso aí!

– Não sei por que, mas prometo...

– Então, tudo bem. Mas não se esqueça de que você prometeu se livrar disso aí! Boa noite, filho. Vou dormir que amanhã levanto cedo.

– Boa noite, mãe. E não esquenta que eu vou me livrar desta maldita pedra.

– Isso mesmo, filho. É uma pedra maldita...

Se ele estava brincando, a mãe não estava. A pedra tinha aparecido na TV e nos jornais. Por quê? Certamente deveria ter valor, para ser notícia. Será que é mesmo diamante? Saberia amanhã. Amanhã, antes de ir para a faculdade, passaria naquela loja de bijuteria próxima ao metrô e saberia se tem ou não tem valor. O dono da loja deveria saber. Só depois cumpriria a promessa de se desfazer daquela pedra ou pedaço de vidro engastado em metal brilhante. "Amanhã é quarta-feira. Só tenho aula depois das dez. Aproveito e passo na loja" – pensou. Guardou a pedra no bolso da calça, a mesma calça que vestiria no dia seguinte, e foi para o quarto ler algumas páginas do livro que o professor havia emprestado, que trazia ideias interessantes para fundamentar seu trabalho de pesquisa. Antes, anotaria em seu caderno de notas algumas ideias que teve enquanto pensava sentado na mureta próxima à entrada do beco.

Apagou a luz da sala e acendeu a do quarto, arrumado pela mãe quando voltou de mais uma faxina, no fim da tarde. Que mulher extraordinária sua mãe! Como não amar essa mãe, que sustentava a casa e ele com os parcos ganhos de seu trabalho pesado. Bem que ele quis trabalhar, na adolescência, mas ela rejeitou sua intenção com veemência: "seu trabalho é estudar. Seu pagamento são as notas na escola, que até agora têm sido muito boas. Quando você se formar na faculdade e tiver um bom emprego, aí você me ajuda com dinheiro. Não quero que você tenha essa vida de pobre que a gente tem. Vai trabalhar de quê? De empacotador de mercado que nem seu amigo? Servindo pinga pra bêbado que nem o outro? Sonha grande, filho. Deixa o trabalho pesado pra mim que não tive estudo. Esquece essa ideia de trabalho agora!"

E assim encarava seus estudos: seu trabalho. De alguma maneira compensaria essa mãe que dava duro para que ele se vestisse, se alimentasse, estudasse. Não foi fácil até agora, nunca foi. Até que nem tanto no fundamental e no ensino médio. Sempre boas notas, sempre o melhor aluno, sempre estimulado pela mãe e depois por Raquel, enquanto morou com eles. Raquel... onde estaria Raquel?... Sua mãe dizia que ela estava bem, que ele não se preocupasse, que ela levava a vida dela, que tinha entrado na faculdade de Psicologia, que era dedicada ao trabalho... Como sua mãe sabia de Raquel? Por que evitava falar dela? Mas Raquel passou no vestibular, e ele que faculdade faria? Gostava, no ensino médio, de quase todas as matérias, conseguindo filtrar da bagunça dos colegas de classe os conteúdos que seus professores lutavam para passar em meio à algazarra de seus indisciplinados colegas. E de todas as matérias, sem dúvida, a que mais gostava era História, pela dedicação da professora, pela simpatia da professora, a única que conseguia dar aulas com a classe em silêncio, porque falava da vida deles, da dureza da vida da gente pobre da periferia, mostrando que através da História o povo sempre esteve alheio aos principais acontecimentos, como se a escravidão sempre existisse. E ela, todo início de aula, se referia aos alunos assim: "vamos lá, marginais da História. Vamos pensar, que só assim podemos fazer nossa História."

Vieram dela, dona Maria Cecília, os primeiros elementos de formação de seu pensamento político e o interesse pelas questões sociais, que mais tarde o levariam a optar por Ciências Sociais. Mas não foi fácil entrar na faculdade. Teria que ser a USP, gratuita, mas a mais concorrida. Na primeira vez que tentou entrar, não foi aprovado no vestibular. A escola que frequentou era fraca, precisava se preparar bem melhor. E a mãe o socorreu. Conseguiu bolsa num cursinho preparatório, trabalhou duro para pagar a parcela mensal, que mesmo com a bolsa era uma quantia pesada para as posses deles. Mas a mãe só contaria depois, um dia após ele ter encontrado aquela pedra engastada em metal brilhante, que foi Raquel quem pagou o cursinho para ele e que, portanto, ajudou-o a entrar, na segunda tentativa, na faculdade que cursava agora já no quarto ano.

Nessa noite, em que depois das anotações lia com atenção

seu livro de Sociologia, pouco sabia de Raquel, a não ser do tempo em que morou com eles ali. Este quarto, que agora era o dele, foi por alguns anos o quarto de Raquel. Não de início, quando ela veio morar com eles. Ainda era menino, oito anos e ela onze, quase doze, quando ele dividiu o quarto com ela. Mas ele cresceu e ela também, tornando-se aquela adolescente linda, que uma noite, ela acreditando que ele estivesse dormindo, ele a viu nua, completamente nua, ele então já com onze para doze anos, uma visão que o marcaria por toda a vida e uma paixão que duraria sua adolescência quase inteira, até conhecer a primeira namorada, no segundo ano do ensino médio, com quem teve suas primeiras experiências com o sexo. Depois daquela noite em que viu Raquel nua, pediu para a mãe se podia dormir na sala, alegando que Raquel chegava tarde, acendia a luz e atrapalhava seu sono. Mas, na verdade, essa decisão foi tomada porque ele temia fazer alguma besteira, como pular na cama dela, que foi o que ele sentiu vontade naquela noite em que a viu nua, e, nos três anos seguintes em que Raquel continuou morando ali, a sala foi seu quarto, até que ela foi embora.

O sono veio devagar e, antes de iniciar seus preparativos para dormir, anotou em seu caderno algumas passagens do livro que poderiam ser futuras citações em seu texto e que poderiam corroborar suas ideias. Por fim deu por encerradas as atividades de estudo. Espreguiçou-se, ainda sentado, erguendo os braços, levantou-se devagar, trocou a roupa pelo pijama, foi ao banheiro escovar os dentes e urinar, e voltou para o quarto em direção à janela que dava para o mínimo quintalzinho em que ficavam, sob uma pequena área coberta, o tanque e a máquina de lavar roupas, comprada há pouco mais de um ano por sua mãe. No varal, algumas peças de roupa penduradas moviam-se lentamente impulsionadas pela brisa da noite. Pensou em levantar a parte inferior da vidraça abaixada e fechar as venezianas, mas decidiu deixar como estava, porque pela manhã a luz do dia o acordaria mais cedo e ele poderia sem atropelos levar a pedra engastada para uma possível avaliação. Assim fez e, ao encaminhar-se para o interruptor para apagar a luz e deitar-se, ouviu uma pancada seca na vidraça. Era um besouro, que, do lado de fora, no parapeito da janela, agora movia as patinhas, no desespero de desvirar-se...

3

Próximo à estação do metrô, havia aquele comércio típico de bairro da periferia, lojas de roupas baratas, ou de doces, balas, bolachas e chocolates, ou de sapatos e bolsas, ou de bagulhos para casa, enfim, esse tipo de coisas. E uma loja de bijuterias, onde ele, tempos atrás, comprou um colar para a namorada dos tempos de colégio. Entrou na loja e foi abordado por uma vendedora, mas disse que queria falar com o dono, que atendia a uma freguesa próximo ao caixa. Com paciência, esperou que a moça escolhesse os brincos, experimentasse em frente a um espelho e por fim pagasse a joia falsa escolhida. Só então abordou o homem:

– Bom dia. O senhor avalia joias?

– Não sou especialista, mas posso dar minha opinião. Se quiser uma avaliação melhor, procure uma joalheria.

– Só quero saber se esta pedra tem valor.
– Me deixa ver... Espera aí. O que você está fazendo com isso?
– Como assim...?
– Como isso veio parar na sua mão?
– Achei na rua.
– Eu, fosse você, deixava no lugar onde encontrou...
– Por quê?
– Você não vê televisão, não lê jornal? Se livra disso aí...
– Isso tem valor?
– Mais do que você pensa. Mas acho que ninguém vai querer comprar...
– Eu gostaria de saber por que tanto mistério com isso...
– É, parece que você não sabe mesmo o que é... Você não tem cara de ladrão... Vou te dar um conselho: ou você se livra disso aí, deixa no lugar em que achou, joga no Rio Tietê, sei lá, ou você leva pra polícia.
– Pra polícia? Por quê?
– Faz o que eu falei. Eu, se fosse você, jogava fora. Mas longe daqui, pelo amor de Deus, que eu não quero complicação pro meu lado. Vai, se manda e leva isso embora daqui. Vai!

"Mas que porra de mistério tem essa pedra, que ninguém quer saber dela...!" – pensou. Um lado seu, pragmático, recomendava que seguisse os conselhos de sua mãe e do dono da loja, que se livrasse o quanto antes da pedra engastada. Mas o outro lado, curioso, afeito a pesquisas, era mais forte e ordenava que fosse até o fim, que levasse aquilo para a polícia. Seria prova de um crime? Seria uma pista importante para uma investigação? E também: valeria a pena arriscar-se a ser envolvido em alguma coisa que nem sabia o que era? A julgar pelas reações de sua mãe e do dono da loja de bijuterias, a coisa deveria ser barra pesada. Precisava saber, e logo. Até poderia voltar para casa, ligar o laptop e pesquisar na internet o que havia sido noticiado sobre a pedra. Mas perderia as aulas na faculdade e deixar para ver à noite significava passar o resto do dia ansioso. Só conseguiu ver uma solução: levar aquilo para a polícia.

Próxima ao metrô, havia uma delegacia. Foi até lá, mas com quem falar? Ponderou que o melhor era falar com o delegado--chefe. Se a pedra tinha a importância que parecia ter, era melhor mostrá-la para a autoridade maior daquele lugar. Logo que entrou, viu um rapaz alto, cara de quem dominava aquele ambiente, magro, mas forte, arma num coldre na cintura, que deveria ser um investigador da Polícia Civil ou, talvez, o próprio delegado. Dirigiu-se a ele:

– Eu queria falar com o delegado, por favor.

– O que você quer com ele?

– Preciso mostrar a ele uma coisa...

– Coisa? Que coisa? Esses livros?

– Não, estes livros são para a faculdade. Depois de falar com o delegado, vou para as aulas...

– Você precisa me mostrar que "coisa" é essa que você quer mostrar, pra ver se interessa ao doutor.

– Prefiro mostrar para ele.

– Rapaz, isso tá estranho... Mas vou perguntar se o doutor pode receber você. Senta aí e espera.

O provável investigador seguiu pelo corredor, de onde voltou minutos depois.

– O doutor agora tá ocupado. Depois fala com você.

Sentado num banco junto a uma parede, ficou observando o vai-e-vem das pessoas em busca de informações, de registros de B.Os. ou sabe-se lá o que buscavam numa delegacia de polícia. E o tal possível investigador ora entrava pelo corredor, ora voltava e conversava com os PMs, contando piadas, falando banalidades e nada de informar sobre a entrevista com o delegado. Já uns vinte minutos se passavam de quando chegou. Mais um pouco e perderia a primeira aula, então resolveu abordar mais uma vez o policial:

– Por favor, se o delegado não pode me receber, volto outra hora...

– Mas que porra você quer mostrar pro homem?

– Me disseram que é uma coisa que tem muito interesse pra polícia, não sei que importância é essa. Por isso achei melhor mostrar pro delegado...

– Eu sou da polícia. Mostra pra mim, que se for de nosso interesse, eu levo você até o doutor.

– Está bem. É isto.

Tirou do bolso a pedra engastada em metal dourado.

– Puta que pariu! Espera aqui um pouco. Não sai daí! Eu já volto.

Voltou um minuto depois.

– Vem cá que o doutor vai receber você.

Acompanhou o sujeito com arma na cintura até uma sala, onde o delegado, um homem de rosto redondo, barba cerrada bem feita e bigode espesso, olhava a tela de um computador.

– Esse aqui é o indivíduo, doutor. Vai, mostra pra ele o que você me mostrou.

Tirou novamente a pedra engastada em metal do bolso, ajeitou-a na palma da mão direita aberta e apresentou-a ao delegado, ainda sentado.

– Porra, Pereira! E não é que é mesmo!

– Não falei, doutor?

– Como é que isso aqui veio parar na sua mão? – perguntou, tirando a pedra da mão dele.

– Eu achei.

– Achou? Como achou?...

– Achei, ora. Estava andando pela rua, vi uma coisa brilhando, achei que podia valer alguma coisa e peguei.

– Essa história tá mal contada, doutor. Quer que eu dê uma prensa no moleque?

– Fica na sua, Pereira. Deixa que eu me entendo com ele.

O diálogo entre o delegado e o investigador acendeu o sinal de alerta nele e era preciso urgentemente inventar uma história convincente para não se complicar com a polícia. Melhor deixar de lado a curiosidade sobre o misterioso significado da pedra engastada provavelmente em ouro e pensar rápido. Num relance, vieram-lhe à memória a recomendação da mãe para que se livrasse daquilo, a semelhante reação do dono da loja de bijuteria, a loja de bijuteria onde comprou o colar da namorada e surpreendentemente a própria ex-namorada. Também se lembrou do pedido da mãe e do dono da loja para que levasse a pedra para longe deles.

– Você disse que achou na rua. Que rua?

– Sabe o colégio estadual?
– Sei.
– A rua atrás do colégio, foi lá que encontrei.
– E o que você foi fazer lá? Você mora perto?
– Mais ou menos. Moro a uns quarteirões do colégio.
– A rua atrás do colégio não tem nada, não tem comércio, é meio deserta. O que você foi fazer lá?
– Na verdade, eu não tinha ido lá. Eu fui até aquele bar que tem a um quarteirão do colégio, sabe qual é?
– Sei. E por que foi nesse bar? Não tem bar perto da sua casa?
– Tem, mas eu não fui propriamente ao bar. Eu fui para conversar com um amigo que trabalha nesse bar, que é filho do dono do bar. Mas ele não estava lá. Então...
– Conversar o quê? Acertar mais um assalto?
– Que é isso, doutor! Eu não sou disso não, nem o meu amigo! Eu queria conversar com ele por causa da minha tese...
– Tese? Que tese?
– A bem da verdade ainda não é uma tese, é um TCC, que pode ser base para uma futura dissertação de mestrado, se meu professor orientador aprovar.
– O que é TCC, doutor?
– Trabalho de Conclusão de Curso.
– Você estuda o quê?
– Ciências Sociais.
– Onde?
– Na USP.
– Olha aí, Pereira! O boy estuda na USP!

– É grupo dele, doutor.
– Vamos conferir se é verdade. Pega o documento dele e telefona pra secretaria da USP e vê se ele está de verdade matriculado.
– Com sua licença, doutor, não precisa telefonar. É só o senhor entrar no Google e ver o meu perfil... Pode olhar aí no seu computador...
– O perfil pode ser falso, doutor...
– No Google? Sem chance, Pereira. Não é ele que faz o perfil. Vamos ver... Dá cá sua identidade. Muito bem... Davi Elias da Silva... Olha só, Pereira! O rapaz tem texto publicado em revista!
– Tenho. É uma publicação da própria faculdade. Meu professor indicou um trabalho que redigi e a revista publicou.
– E tem entrevista na Folha!
– Na Folha, doutor? Por que você foi entrevistado?
– Foi para uma matéria sobre estudante pobre de periferia que consegue entrar na USP.
– É! O rapaz é fera! Mas você ainda não explicou como essa pedra veio parar aqui na minha mão.
– Já explico: eu saí do bar que fica na rua do colégio, mas quando ia chegando no colégio, me lembrei do tempo em que estudava lá. Aí me lembrei de uma namorada que eu tive, eu estudava no segundo ano do médio e ela no primeiro. E me deu saudade. Então desviei o rumo e fui pra rua de trás... andando bem devagar, lembrando da mina... – ela hoje tá casada com outro cara, tem até filho – sabe, viajando, lembrando do corpo dela... Nisso veio um besouro...

– Um fusca?
– Não, o bicho mesmo. E o bicho pousou bem aqui na minha barriga e ficou grudado...
– E o que tem essa porra desse bicho com isto aqui?
– Tem tudo a ver. Se não fosse o bicho, eu não teria visto a pedra. Dei um peteleco no bicho, assim, ó, e fiquei olhando onde ele ia cair. Daí eu vi uma coisa brilhante do lado do bicho. Era isso aí. Peguei, meti no bolso e pensei que era um pedaço de bijuteria que alguma mina, num amasso mais animado, acabou perdendo. Mas também podia ter valor. Por isso, no dia seguinte, fui à loja de bijuteria...
– Ou o rapaz tem muita imaginação ou tá mesmo falando a verdade...
– É, pode estar inventando essa história, doutor...
– Acho que não. Ele faz Ciências Sociais. Se fosse Letras podia ser, que fica lendo muita história... Mas me diga: você leva a gente lá no lugar onde você achou?
– Posso levar sim. Agora será que eu posso fazer uma pergunta?
– Já está fazendo. O que é?
– Por que isso aí tem importância pra polícia?
– Você não assiste a televisão, não lê jornal?
– Eu levo muito a sério meus estudos, doutor, não perco tempo assistindo TV. Jornal eu dou uma olhada na biblioteca da faculdade, mas só na parte de política, que é o que me interessa. Notícia policial deixo pra lá. Mas agora estou curioso...
– Faz de conta que eu acredito...
– Tem a ver com roubo?

– Mais ou menos.
– O que é, então? Posso saber?
– Vem cá que eu te mostro no computador. Esta aqui é a foto que saiu em todos os jornais e foi mostrada na TV. Tá vendo? É igualzinha a isto aqui, só que ampliada.
– E o que é?
– É parte de um brinco.
– E tem valor?
– Se tem valor?... Essa pedra é diamante, um puta diamante, e o metal é ouro dezoito quilates. Só isso aqui vale uma nota!
– E eu achando que era bijuteria...
– Você trabalha?
– Não, só estudo.
– E quem sustenta você? Seu pai?
– Eu não tenho pai. Minha mãe...
– E ela faz o quê?
– É faxineira.
– Puta que pariu! Sua mãe dá duro e você na moleza?
– Eu quis trabalhar, mas a mãe não deixou. Ela quer que eu estude, que é a única maneira honesta de sair dessa pobreza em que a gente vive. Meu trabalho é o estudo, por isso eu levo muito a sério. Quando me formar, vou trabalhar e sustentar minha mãe, vou compensar tudo que ela fez por mim.
– Tá arrependido de me entregar a pedra?
– Nem um pouco. Se tem importância pra polícia, eu tenho que entregar pra polícia. É certo que achado não é roubado... Mas o senhor ainda não me disse por que esse brinco é importante. É só pelo valor?

– Olha a foto dessa mulher...
– Raquel!
– Conhece ela?
O cérebro tinha que agir rápido. Ali não podia vacilar, envolver-se com uma situação que se afigurava bem complicada, a julgar pela repercussão na mídia. Tinha no máximo três segundos para superar o susto, inventar uma história e se livrar de um possível envolvimento com algum provável crime envolvendo Raquel. Em que será que ela tinha se metido? Como aquele pedaço de brinco de diamante tinha ido parar no beco? Se demorasse mais um segundo para responder, iria ser um vacilo que aqueles policiais perceberiam com certeza. Maldito besouro!

4

– E então. Conhece ela?
– Quem? A Raquel ou essa moça? A Raquel eu conheço, essa aí, não.
– Quem é essa Raquel? O que ela tem a ver com essa aqui?
– Essa aí me lembrou a Raquel, só que essa aí é muito mais bonita, nem comparação. Quando eu estava no oitavo ano, a Raquel estudava no médio. Ela era *a* gata da escola, o sonho de consumo de todos os moleques. Se tivesse concurso de miss na escola, a Raquel ganhava disparado. Só pro senhor ter uma ideia, tinha neguinho da minha classe que matava aula quando a classe da Raquel tinha aula de Educação Física, só pra ficar olhando as pernas dela. Agora, conhecer mesmo de conversar

com ela, isso nunca aconteceu... Essa foto aí me lembrou a Raquel, cabelos pretos, rosto bonito... Mas essa aí põe a Raquel no chinelo!

– Você também matava aula?

A pergunta do Pereira e a cara de interesse do delegado mostravam que a história tinha colado, só faltava arrematar:

– Não. Como eu disse, eu sempre levei estudo a sério, desde pivete. Mas como eu me sentava perto da janela e a janela da sala dava pra quadra, eu sempre achava um jeito de me levantar e dar uma espiadinha. Que pernas tinha a Raquel!...

– Quando eu estudei no ginásio tinha essa onda, viu doutor. Toda escola tem uma mina que é o tesão da molecada. A gente olhava as pernas das minas, depois ia bater punheta, não é assim?

– Eu não sei dos outros, mas comigo era assim.

– Comigo também. A gente quando era moleque era muito besta, não era não?

– Então, doutor, esse brinco era dessa moça? Mas tem algum crime relacionado com o brinco?

– O cara tá querendo saber demais, doutor...

– E o que é que tem... Está em todos os jornais... Tem sim, um crime cheio de mistérios.

– Ela foi assassinada?

– Não se sabe. A mulher sumiu. Pode ter sido assassinada, raptada, ou simplesmente deu no pé, não se sabe.

– Tá bom, obrigado doutor. O resto depois eu vejo na internet. Agora posso ir embora?

– Não pode não. Senta aí.

– Mas eu vou perder aula, doutor!

– Esquece a aula. Você vai com a gente mostrar onde você achou isto aqui.
– Então vamos logo, assim eu pego pelo menos a última aula.
– Já falei: esquece a aula. Pereira, liga pro Farias.
– Eu, doutor? Por que eu?
– Se eu tivesse uma secretária, pedia pra ela ligar. Como não tenho, vai você mesmo. Só quero falar com o homem cara a cara, sacou? Vai! O que está esperando?
– Qual o telefone do homem?
– Sei lá, Pereira! Pega no e-mail que mandaram, porra! Quer que eu ligue o computador pra você também? Vai, secretária!
– Ô, doutor... Tá me estranhando?
– A gente não vai, doutor?
– A gente vai, quando o tal Farias chegar.
– E quem é esse Farias?
– Só pra você ter uma ideia da dimensão deste caso, vou lhe contar quem é esse Farias, que eu nem conheço, pra dizer a verdade. Baixou uma orientação do Secretário de Segurança Pública – veja bem: do próprio secretário! – para todas as delegacias – eu disse todas! – que qualquer informação sobre este caso deveria ser reportada direto pra esse Farias, não é nem pro Secretário, ou seja, esse cara está acima até do Secretário!
– Ele é um policial?
– Sei lá, acho que não, pelo menos não igual à gente aqui. Deve ser um cara ligado a algum figurão, algum político... Depois que vazou pra imprensa, o caso entrou em sigilo. Pode ver: o caso saiu com um puta estardalhaço na imprensa por dois dias. Depois, de repente, morreu, ninguém fala mais nada.

– Então essa moça é importante. Ela é o quê?
– Uma puta.
– Como é que é? Uma puta?!
– Mais ou menos...
– Pronto, chefe. Falei com o Farias.
– Secretária eficiente! E aí?
– Ele disse que em meia hora está aqui.
– Pronto... Dançou minha aula... Eu não gosto de perder aula...
– Meia hora, é... Tá vendo? O cara vem correndo!
– Saco...
– E aí, boy. Me fala da sua tese, qual é o assunto?
– É um TCC, ainda não é uma tese, mas vai ser...

De certeza havia a convicção de que tinha conseguido conquistar a simpatia do delegado, mas internamente lutava para bloquear a surpresa e a decepção pelo destino de Raquel. Uma puta? Sua tão amada Raquel tinha virado uma puta? E por que estava envolvida num caso de polícia sigiloso? As respostas a essas e tantas outras perguntas que se fazia deveriam ficar para depois. Agora o que deveria fazer era sedimentar essa confiança do delegado, que se identificava com ele, porque, também oriundo de família pobre, conseguiu se formar em Direito e fazer carreira na polícia. Falou sobre a ideia do TCC, talvez uma futura tese, de mostrar as diferentes trajetórias de vida de seus amigos de colégio, mas omitindo o Valcir, que se envolveu com o tráfico de drogas. Vez ou outra a conversa era interrompida por algum funcionário ou por um policial.

– Isso aqui de manhã é até tranquilo. À noite é que o bicho

pega... Mas até onde eu entendo, você tem uma tese praticamente pronta. Você tem razão. Tem muito potencial desperdiçado na periferia, sem contar os caras que se metem no crime, assalto, droga, essas merdas que eu vejo todo dia...
– Doutor, o Farias chegou.

Quarenta minutos depois do telefonema, o esperado Farias chegou. Eles esperavam um homem já de certa idade, mas era um rapaz, aparentando não mais que trinta anos, terno bege claro, gravata vermelha, sapatos marrons certamente caros, uma elegância que se chocava com o ambiente de uma delegacia de polícia. Também elegante nos gestos, apresentou-se, agradeceu ao delegado e disse que faria chegar aos seus superiores a ajuda que o delegado estava dando. E logo quis ver o pedaço de brinco.

– Onde você achou?

– Não fui eu, foi ele. Só estávamos esperando o senhor chegar para verificar o local, uma rua aqui perto.

– Não precisa me tratar por "senhor" nem por "doutor", trate por "você". E ele está de alguma forma envolvido?

– Não, acredito que não. Só achou isso aí.

– Doutor: posso chamar a imprensa? Isso aí ia bombar na TV e nos jornais.

– Não, Pereira, não pode. Este caso agora está em sigilo. Se quer aparecer na mídia, prende o chefe do tráfico do pedaço.

– Isso aí é complicado, né... O doutor sabe...

– Vamos então, delegado? No caminho o rapaz me conta como achou a joia...

Além de contar, repetindo a mesma história inventada para o delegado, ele mentalmente se esforçava por se lembrar do lugar onde ficava com a ex-namorada, o mesmo lugar em que experimentou a primeira relação sexual e várias outras, o lugar que a ex-namorada chamava de "nosso motel". À noite ali era deserto, uma rua então sem iluminação pública, que não somente ele e a namorada costumavam frequentar. Era comum que outros casais se encontrassem ali. Depois a rua foi asfaltada e iluminada à noite, mas isso quando o namoro dele já havia terminado e ele frequentava a faculdade. Decidiu que diria ter achado o pedaço da joia no ponto onde era o "nosso motel", bem no meio do muro de trás da escola. Certamente sentiria certa nostalgia quando chegassem lá.

Mas, diferente desse idílico passado, era de manhã quando chegaram lá, passadas as onze horas, quase onze e meia. Agora, com a rua urbanizada, provavelmente não encontrariam camisinhas descartadas junto ao muro. Orientou o Pereira, que dirigia a viatura, para que parasse próximo ao lugar imaginado, e, seguido pelos outros três ocupantes do veículo, apontou, a dois metros de distância o exato local que sua imaginação indicou como o lugar em que a pedra foi encontrada. Parados, observavam o lugar, o Farias já pegando o celular para fotografar. Apenas o Pereira caminhou até próximo ao muro.

– Olha aí, doutor! Não é que a história do cara era verdade! O besouro ainda está aqui...

5

A surpresa não foi só do Pereira, mas ele disfarçou, fazendo cara de quem aceitava como normal aquela incrível coincidência.

– E agora, doutor. Estou liberado?

– Está. Mas antes vamos passar na delegacia. Quero seu endereço, celular e seus dados pessoais, caso precise de mais alguma informação.

– É, minha aula dançou de vez...

– Da delegacia você vai pra onde? – A pergunta era do Farias.

– Vou para a faculdade. Mais tarde tenho uma reunião com meu orientador. Antes vou até a biblioteca ver as reportagens sobre o caso, que eu tô por fora.

– Onde você estuda? PUC? USP?

– USP.

– Se você quiser, eu dou carona.

– Obrigado, não precisa não. Eu pego o metrô.

– Não me custa nada. É um agradecimento por sua colaboração na investigação. Deixo você numa estação mais próxima...

– Não precisa se incomodar, eu me viro.

– É que seria uma oportunidade para conversarmos. Tem umas perguntas que eu gostaria de fazer para você, nada de mais, detalhes para o relatório que eu tenho que apresentar. Pode ser?

– Tá bom. Eu aceito a carona.

Aceitou, porque também tinha perguntas para fazer ao tal Farias e essa proposta de maior intimidade, que nem o delegado tinha, era ótima oportunidade, quem sabe entender como foi que Raquel se meteu nessa confusão. Só o que não podia era continuar com tantas dúvidas. No estacionamento, depois de passar para o delegado os dados pedidos, entrou no carro importado do Farias.

— Nunca andei num carrão destes...
— Você é pobre, não é, Davi?
— Este seu carro vale mais que a minha casa e tudo que minha mãe ganha em um ano, bem mais...
— Você não trabalha?
— Meu trabalho é o estudo, a faculdade. A mãe dá duro pra me sustentar, porque não quer que eu fique na pobreza como a gente vive. Quando me formar e tiver um bom emprego, eu vou compensar tudo que ela fez por mim...
— Sua mãe faz o quê?
— É faxineira.
— Faxineira? Admirável sua mãe.
— É, ela é muito lúcida e prefere dar duro e investir em mim.
— Você, sendo pobre como é, por que não vendeu esta pedra? Ela vale mais do que meu carro, bem mais.
— A minha intenção, quando achei, era essa, apesar de suspeitar que fosse apenas um pedaço de bijuteria. O que estaria fazendo uma coisa de valor no lugar onde achei?... Mas, por via das dúvidas, resolvi levar na loja de bijuteria, porque o metal me parecia de fato ouro. Só que quando o dono da loja me disse que isso aí era de interesse da polícia, não tive dúvida...
— Por quê?
— Se tem uma coisa que eu não quero na minha vida é complicação com a polícia. Prefiro ficar bem com os homens...
— Faz sentido...
— Eu também gostaria de fazer umas perguntas... Posso?
— Pergunte.
— Quem é você?

– Henrique de Melo Farias.
– Seu nome o delegado me falou. Você é da polícia?
– Não.
– Mas você foi indicado pelo Secretário de Segurança... Já sei, você é político ou ligado a político ou a alguém poderoso...
– Isso aí. Trabalho para um cara poderoso. Esperto você...
– E quem é a moça dona do brinco quebrado? Como ela se chama? – ou se chamava...
– O nome dela é Tamires. Tamires Helena Damasceno.
– O delegado disse que ela é uma puta. Por que tanto interesse por uma puta? E como uma puta usaria um brinco caro desses aí?
– Esse brinco é pouco, perto das joias que ela usava, e que foram roubadas ou levadas, não se sabe...
– Uma puta ganha tanto dinheiro assim?
– Existem várias categorias de prostituição. Tem as chamadas biscates, normalmente mulheres que trabalham como domésticas, atendentes de lojas, caixas, mas que faturam algum por fora em prostituição eventual. Tem as putas, essas que se veem à noite em esquinas por aí, essas mais profissionais. Acima dessas tem as que trabalham em boates, ajudam a vender bebidas, ganham mais. Depois tem as garotas de programa, normalmente de melhor nível intelectual, com site na internet, com fotos. Algumas são também massagistas, com curso e tudo. Daí, vêm as acompanhantes, quase sempre garotas muito bonitas, nível universitário, algumas falam outras línguas, que só são contratadas através de agências, a preço alto, tudo muito profissional. Essas, às vezes, nem transam, só fazem companhia mesmo para

caras cheios da grana, e são mulheres que podem frequentar qualquer lugar com esses caras, porque se apresentam muito bem, são bem-informadas e se vestem bem. Acima dessas todas, há uma categoria de mulheres, são pouquíssimas no país inteiro, que têm normalmente uma clientela fixa e que, por isso, faturam muito alto. A Tamires, eu diria, está acima dessas todas, é top, formada em Psicologia, culta, bem-informada, inteligente, fala Inglês e Espanhol fluentemente e Francês, que, até onde eu saiba, ainda estava concluindo o curso, mas já se virava bem. Chamar a Tamires de puta é quase um insulto.

– Então, todo esse interesse é porque ela atendia caras da pesada, não é?

– Isso mesmo.

– Você sabe quem são esses caras?

– Sabemos, mas não sei se é uma boa você saber. Melhor não.

– Só pra eu ter uma ideia, não precisa dizer os nomes. Só a função deles...

– Mas você é curioso, hein? Por que está tão interessado?

– Eu não pedi nem procurei me meter nesse caso. Eu nem sabia que o caso tinha acontecido até hoje de manhã. Mas de repente estou numa carona com um cara, você, acima até do Secretário de Segurança. Eu quero saber em que rolo eu me meti sem querer. E pra começar, eu não acredito que você me ofereceu carona só porque é bonzinho. O que você quer de mim?

– Cara, você é mesmo esperto!...

– Quem vive na periferia, como eu, aprende logo a desconfiar...

– Tá certo. Eu desconfio que você sabe mais desse caso do que está dizendo. O que uma mulher como ela estaria fazendo no cu do mundo da Zona Leste? E por que foi justo você a encontrar a porra da pedra, que é a única pista que a gente tem do caso? Eu não engoli essa de você, por acaso, desviar o caminho para atrás da escola, só porque se lembrou de uma antiga namorada, se é que foi lá mesmo que você encontrou. Eu só deixo uma dúvida por causa do besouro...

– Agora sim, doutor Henrique Farias! Agora a gente pode conversar direito. Vou deixar uma coisa bem clara: nunca vi, nem ouvi falar dessa Damares...

– Tamires.

– Certo, Tamires. E muito menos dessa porra desse brinco. Se você quiser acreditar em mim, acredite. Se não quiser, problema seu. E se era isso que você queria saber de mim, pode me deixar por aqui mesmo, que eu me viro, como, aliás, sempre me virei.

– Calma, eu não acho que você está diretamente envolvido. Você quer almoçar comigo?

– Como é que é?!

– Almoçar comigo, comer comida.

– Essa é muito boa! Você me acusa de mentiroso e agora me oferece um rango? Qual é a sua, Farias?

– Você não queria saber quem eram os caras? Vamos almoçar que eu conto.

– Você está me paquerando, Farias?

– Fica frio, que o meu negócio é mulher. Já abri o jogo com você. Meu interesse em você é porque eu acho que você está me escondendo alguma coisa.

– Que saco, Farias! Já disse que não tenho nada a ver com esse caso! Maldita hora em que eu levei essa pedra pra polícia...
– Ué, já se arrependeu?
– De entregar a pedra, não. Mas de topar a carona, sim.
– Tá bom, esquece minha desconfiança. Topa almoçar?

Topou. Porque o Farias tinha informações sobre Raquel e ele precisava saber mais sobre aquela amiga da infância, aquela paixão da adolescência, aquela mulher que entrou na sua vida tão misteriosamente como saiu. Só precisava tomar cuidado com esse espertíssimo Farias, não vacilar como vacilou com o delegado, porque o Farias não iria deixar passar.

Pararam num restaurante nos Jardins, próximo à Avenida Paulista, um lugar, como o carro importado do Farias, onde nunca tinha entrado, nem em outro parecido com aquele. Ao servirem o couvert, desdobrou e ajeitou o guardanapo no colo.

– Vejo que você se sente à vontade aqui...
– Por causa do guardanapo? Isso eu aprendi com uma mina da faculdade com quem eu saí algumas vezes. Ela me levou numa cantina e me ensinou que é assim que se faz. E só fui jantar nessa cantina porque ela pagou, que minha grana dá para um cachorro-quente e olhe lá... Por falar nisso, você vai pagar esse almoço, não vai? Se você não pagar, vou ter que lavar prato...
– Vou, claro que vou. Você é meu convidado. Pediu filé e pediu certo, malpassado. Você gosta de filé?
– Se eu gosto de filé mignon? Não sei, vou saber hoje. Sabe que carne eu como em casa? É coxão mole, uns bifinhos bem finos, pra durar bastante o meio quilo que a mãe compra. Às vezes, quando alguma madame dá uma caixinha, a mãe compra

alcatra, mas isso é de vez em quando. Gosto malpassado porque a carne fica menos dura e mais saborosa, só isso. Eu moro no cu do mundo, esqueceu? Só com o preço que estava no cardápio a mãe comprava carne pro mês. Como é você que vai pagar...

– Incrível! Acho que entendo agora por que você faz Ciências Sociais.

– E você, é formado em quê?

– Ciências Políticas e Jornalismo.

– Porra! Duas faculdades! Fera, você!

– Diferente de você, eu sempre pude comer filé mignon, nem sei que gosto tem coxão mole ou duro.

– E a tal Tamires também devia poder comer filé todo dia...

– Ela podia comer o que e quem ela quisesse...

– Vai, diz aí quem eram os clientes dela.

– Falo, se você me prometer que vai comigo depois do almoço ao apartamento dela...

– Ai, caralho! Você tá querendo mesmo me enrolar nesse caso... O que eu iria fazer lá?...

– Me ajudar. Eu já fui várias vezes lá e não encontro nenhuma pista além do brinco quebrado. Quem sabe você dá mais sorte que eu...

– Tá bom. Eu vou se você me contar quem são os caras.

– São cinco. Um deles, um grande empresário, não frequentava o apartamento dela, ela apenas fazia companhia em jantares e viagens. Parece que não envolvia sexo. Eu diria que é somente uma amizade mesmo, uma companhia agradável e inteligente. Inclusive, em alguns jantares, a esposa do homem esteve presente. Outro é um francês, executivo de uma multinacional francesa, um cara de uns quarenta e poucos anos, que se encontrava com ela quando vinha ao Brasil. O terceiro é um deputado federal por São Paulo. O quarto é um japonês executivo de uma multinacional japonesa. E o quinto é um alto diretor de um banco. São esses.

– E como ela dava conta de atender a todos?
– Ela é muito organizada e não escondia que tinha outros clientes. Normalmente os caras agendavam os encontros.
– Como é que você sabe tudo isso?
– Eu acompanho há um bom tempo...
– Por ordem de seu chefe?
– É.
– E ele também lhe passou informações...
– É.
– E quem é o seu chefe?
– A comida está chegando. Vamos comer?
– Não precisa me dizer. Seu chefe é o deputado.
– Como é que você sabe?
– Pra ter poder acima do Secretário de Segurança...
– Qualquer um desses homens tem muito poder...
– E deve ser um desses políticos oriundos da polícia, com ligações com a polícia, um desses políticos reacionários...
– Espertinho você. Coma o seu filé.
– Puta que pariu! que carne macia...! Hum... e esse molho...!
– Molho madeira. O daqui é muito bom.

A conversa desviou para comidas, para os cursos feitos nas faculdades de ambos, para perspectivas futuras de trabalho, o Farias evitando mais informações sobre o caso, até a sobremesa.

– E por que você, com a formação em Ciências Políticas que tem, foi trabalhar justo com um deputado de direita?

– Eu não disse que trabalho pra ele, nem que ele é de direita...

– Ah, para, né, Farias... Que diferença isso faz?

– Tá certo. Eu fui trabalhar como assessor de imprensa, inicialmente. Depois passei a comandar o escritório político dele aqui em São Paulo, até que ele me designou para vigiar a Tamires, saber com quem ela andava, quem ela recebia... E ganho muito bem pelo meu trabalho, muito mais do que ganharia como jornalista, que é o que eu gostaria de fazer. Quanto à política? Eu não voto no meu chefe, se você quer saber...

– Que coisa mais esquizofrênica...

– Mas que está pagando o seu filé mignon... Você gostou?

– Me arrependi de não tirar uma foto pra ficar olhando quando comer o bifinho de coxão mole... Ela não morreu, não é? Foi raptada, não foi?

– Quem? A Tamires? Certamente.

– Por quê? Algum desses caras queria exclusividade?

– Talvez...

– Não, isso é pouco. Tem mais algum caroço nesse angu...

– Tem, espertinho, um baita caroço... Por isso quero que você vá comigo ao apartamento. Quem sabe você me ajuda a encontrar e aproveita essa sua esperteza para alguma coisa que preste...

– Encontrar o quê? Outro brinco quebrado?

– Não. Uma agenda, um caderno, ou diário, não sei direito. Só sei que a capa é vermelha.

– Que importância tem essa agenda?

– Não sei exatamente. Mas acho que quem tiver esse caderno vermelho tem os outros quatro na mão.

– É isso que seu chefe quer...

– Ou talvez não queira ficar na mão dos outros...

– Tem razão, seu chefe deve ter muita coisa pra esconder... Mas o caderno vermelho, ou agenda, todos eles sabiam da existência? Porque ela deveria esconder muito bem...

– Meu chefe sabia, os outros, não sei. Isso até saiu no jornal. Agora todo mundo sabe.

– Como ele sabia?

– Ele viu. Uma vez ela abriu o cofre e ele perguntou o que era aquilo e ela disse que era só a contabilidade dela. Mas – sabe como é político – ele ficou desconfiado. Ele algumas vezes se abria com ela, diz ele que eram intimidades. Sabe-se lá em que rolos se mete um deputado como ele... Não deve ser pouca coisa pra ele querer tanto esse caderno vermelho.

– Também, bem feito. Ele foi besta de se abrir.

– Meu chefe disse que qualquer um cai de quatro e come na mão dela, que ninguém tem defesa contra os encantos dela, a fala mansa, inteligente. Ela faz o cara se entregar de corpo e alma. É como eu falei: ela é top do ramo. Como o meu chefe, os outros também devem ter contado seus segredos. Só não se sabe se ela anotava no tal caderno, como meu chefe desconfia. Talvez seja mesmo só a contabilidade. Agora, se ela anotava só os "presentes" entre aspas, já é coisa de comprometer...

– E nenhum dos cinco pegou esse caderno vermelho?

– Com certeza nenhum deles.

– Como você sabe?

– Você não viu mesmo a reportagem... A empregada, que ela chama de dama de companhia, viu, no dia em que ela foi raptada, que ela pôs uma agenda vermelha na bolsa antes de sair. E ela foi a algum lugar – suponho que seja lá pros lados em que você mora – e quando voltou para o apartamento, o tal caderno de capa de couro vermelho não estava mais com ela.

– A empregada viu?

– Viu, pouco depois que ela chegou, que a bolsa estava revirada em cima da mesa da sala de jantar e que ela estava acompanhada de dois homens que foram para outra sala assim que a empregada apareceu e perguntou se estava tudo bem. Ela disse que sim e dispensou a empregada. Mas estava com uma cara meio assustada. No dia seguinte, quando a empregada voltou, achou o apartamento do jeito que você vai ver, todo revirado. Ou seja, não acharam o caderno vermelho.

– E o cofre?

– Aberto e vazio. Levaram quase tudo de valor do apartamento. Saíram com duas malas e com ela.

– E a câmera do elevador?

– Os caras eram profissionais. Usavam um boné e ficaram o tempo todo de costas para a câmera.

– Foi seu chefe, não foi?

– Foi meu chefe o quê?

– Foi seu chefe que contratou os caras.

– Se fosse, ele não me mandava investigar. Qualquer um dos cinco poderia contratar os raptores.

– Tá, faz de conta que eu acredito... Ele tira a polícia da

jogada e manda você procurar o tal caderno vermelho; não investigar o sequestro... Em que baita fria você está me metendo, Farias...

– Mas você está gostando, vai. Está aí todo interessado.

– Claro! Preciso saber onde estou entrando. Vai, vamos logo pra esse apartamento, que às quatro eu tenho uma reunião com meu professor.

O Farias pagou a conta e saíram para a frente do restaurante, esperando o manobrista trazer o carro estacionado. Ao se aproximar para entrar no carro, Davi só estava preocupado com as possíveis surpresas que teria em conhecer o apartamento de Raquel, ou melhor, Tamires. Nem percebeu um besouro que pousava num arbusto plantado num vaso decorativo em frente ao restaurante.

6

Nenhum problema para entrarem no prédio. Todos os funcionários com quem cruzavam, desde a portaria, conheciam o Doutor Farias e liberaram a entrada. O apartamento era no quinto andar de um prédio luxuoso, o elevador todo espelhado, e Davi estranhou que a câmera não pegasse os sequestradores de frente, mas Farias explicou que subiram e desceram pelo elevador de serviço que não tem espelhos. Somente um apartamento no quinto andar, e o elevador se abriu para um hall de entrada que poderia ser considerado uma antessala.

– Puta bagunça, Farias! Parece que um furacão passou por aqui! Está do jeito que foi encontrado?

– Está, a polícia preservou o local.

– Foi a empregada que chamou a polícia?

– Foi. E ela também não mexeu em nada, só informou sobre coisas desaparecidas e deu uma informação importante, além da agenda vermelha. Contou que a patroa usava os brincos quando saiu. Quando os brincos foram encontrados, viram que faltava o pedaço que você achou. Algum policial vazou o sequestro para a imprensa e fotografou os brincos. A imprensa viu nesse brinco quebrado um ingrediente para pôr mistério na notícia. Daí passaram a divulgar a foto ampliada do pedaço que faltava, dizendo que era uma possível pista do local do sequestro e que provavelmente teria se quebrado com a resistência da vítima.

– E por isso eu estou aqui...

– Muito bem, Davi. Eu contei tudo que eu sabia sobre o caso. Agora é a sua vez de contar o que você sabe. Onde está a agenda vermelha?

– Outra vez! Porra, Farias!

– Eu não engoli sua história do lugar onde você achou o pedaço do brinco, simplesmente porque não havia nenhuma razão para a Tamires estar naquele lugar deserto do seu bairro, você inventou aquele lugar.

– Ah, claro! E ainda tive o saco de procurar um besouro e deixar lá com as perninhas balançando. Vai ver, eu não só encontrei o besouro, como treinei o bicho pra balançar as pernas. Me poupe, né, Farias! Se você quer saber onde está a porra do caderno vermelho, ou da agenda, sei lá, pede pro seu chefe perguntar pra tal Tamires que ele sequestrou, em vez de encher meu saco. Eu nem nunca tinha ouvido falar dessa Tamires, quanto mais da porra da agenda dela! Eu fiz a minha parte: entreguei pra polícia o pedaço de brinco. Faça você a sua parte!

– Por que você acha que meu chefe sequestrou a Tamires?

– Porque ele quer a agenda. Porque ele é ex-policial e manja de crime. Porque dos caras todos que transavam ou não transavam com ela que você me falou, ele é o maior suspeito, é o que tem mais o perfil de fazer uma coisa dessas, é talvez o mais interessado.

– Você está querendo desviar minha atenção de você para o meu chefe, continua me escondendo o que você sabe.

– Tá certo, Farias. Me prende então e me acusa de sua imaginação e daí manda uns gorilas da polícia me pendurarem no pau-de-arara até que eu confesse o que você quer e daí você vai querer que eu diga onde está a porra da agenda vermelha e eu me fodo de vez, porque não faço a menor ideia nem de como é essa agenda, quanto mais saber onde ela está.

– Eu não sou policial!

– Não, não é. Você está acima da polícia, acima até do Secretário de Segurança Pública, os caras vão fazer o que você mandar!

– Eu sou contra a tortura.

– É contra a tortura, mas trabalha para um filhote da ditadura, que garante seu carrão, seu restaurante de luxo, sua boa vida. Eu só sou um bostinha da periferia e como todo pobre de periferia sou suspeito até prova em contrário.

– Eu não acho você um bosta...

– Então para de me encher o saco! Você me trouxe aqui para ajudar você ou para me acusar?

— Para ajudar.

— O que você quer que eu faça? Olhar esta bagunça?

— Eu quero que você olhe com outros olhos, os mesmos olhos que viram a pedra brilhando no chão, que eu já olhei tudo por aqui e não atino com nada de relevante a não ser que os caras fuçaram tudo procurando a agenda.

— Vai ser difícil... A não ser que apareça um besouro e pouse num mocó qualquer desse apartamento, e eu ache a agenda vermelha... Mas tá bom. Onde a polícia encontrou o brinco?

— No banheiro.

— Onde no banheiro? Na pia, na privada... Onde?

— Vem cá que eu mostro.

— Estava escondido?

— Mais ou menos. Foi aqui, neste armário.

— No canto ou no meio da prateleira?

— No canto, atrás deste pote de algodão e deste pacote de absorvente feminino.

— Então ela escondeu. Ela deve ter pedido pros caras para ir ao banheiro, talvez dizendo que estava menstruada e deixou uma pista, o brinco quebrado... Isso significa que ela não sabia quem eram os caras, a mando de quem eles estavam agindo. Significa também que ela queria que o pedaço do brinco fosse encontrado e pedia ajuda para alguém da zona leste onde a pedra foi encontrada, que por acaso fui eu, veja você. E o fato de ela sumir com o diário mostra que ela sabia que estava sendo visada, talvez ela tivesse percebido que você estava na cola dela ou sabe-se lá quem mais...

— Você deveria ser policial! Eu não tinha sacado nada disso...

– Puta incompetência sua, né, Farias. A única pista que você tem é o brinco. Me diz uma coisa: vocês encontraram digitais?
– Só dela e da empregada.
– Eu não toquei em nada, desde que entrei aqui. Vai que você queira me incriminar de vez...
– Não se preocupe, essa fase da investigação já passou. Além disso, eu vi muito bem que você fez questão de cumprimentar os porteiros, mostrar sua cara, pra deixar claro que veio aqui depois do crime.
– É, eu fiz isso. Se você desconfia de mim, eu muito mais de você.
– Tá bom, Davi. Vamos deixar de desconfianças. Na verdade, eu deveria agradecer a você por entregar à polícia o diamante...
– Até que enfim, né, Farias! Não precisa agradecer não, só fiz o que achei que era certo. E depois, aquele filé foi melhor que qualquer "obrigado, Davi".
– Você deve ter suas razões para esconder de mim o que está escondendo, mas não é um criminoso e muito menos participou do sequestro...
– Vai começar de novo, Farias?
– Deixa pra lá... Como é que você foi direto pro armário do banheiro? Nem quis ver o cofre, por exemplo...
– Pra quê? O cofre deve estar vazio, não está? E a polícia por certo já procurou lá, tirou digitais... Importante era o brinco, a única pista concreta que você tem. Você não percebeu que era um recado que ela deixou? Mal sabia ela, coitada, que o recado era pra mim...
– Pra você?

– Pra você é que não era, que você andava espionando ela. Pra mim, porque eu é que acabei achando a pedra...

– Você está se ligando nela, hein, seu Davi!

– Pior que tô, Farias. Tô com dó da moça... Ela deve ter transado adoidado pra ter um apartamento como este, tendo que aguentar caras como aquele escroto do seu chefe, que em troca manda sequestrar a coitada...

– Você nem conhece o homem e já acusa de sequestrador.

– Não conheço nem quero conhecer. Mas você que conhece devia ficar de olho nele. Só que se você descobrir que é ele, vai ficar na moita pra não perder a mamata do seu emprego. Isso se você já não sabe...

– De onde é que você tira essa certeza?

– O homem mandou você vigiar a moça e depois que ela sumiu, mandou você encontrar o tal caderno de capa vermelha. Ele não mandou você desvendar o crime e orientar a polícia pra prender os sequestradores, não é? Ele tá cagando pra moça.

– Sua hipótese está errada. Se ele sequestrou, era só dar uma prensa nela e ela entregava a agenda.

– Nunca que ela vai entregar a agenda, Farias. Aquilo é a garantia de vida dela. Se ela entregar, o homem manda apagar ela e ainda fica com tudo que estava no cofre que ele roubou. Mas tá bom, esquece o que eu falei, tá? Sei lá se você também não está nessa...

– Assim você me insulta. Não é porque vendi meu trabalho para um deputado nojento, que eu seria cúmplice de um crime de sequestro. Se eu digo que acredito que meu chefe não sequestrou, é porque eu acredito mesmo.

– Ou quer acreditar...

– Você não quer dar uma olhada no apartamento pra ver se encontra mais alguma pista?

– Eu quero sim, mas para ver o apartamento, que eu nunca entrei num apartamento destes. Isso aqui é o filé mignon das moradias, hein, Farias? Quanto a pistas, esquece. Manda a empregada arrumar tudo, que você não vai achar mais nada.

– Nunca se sabe...

– O que você quer achar? O endereço dos sequestradores? O mapa de onde ela escondeu a agenda vermelha?... Nossa, Farias! Puta apartamento! Dá para um cara se perder aqui!

– É um belo imóvel, realmente.

– Posso fazer uma pergunta pessoal?

– Pode.

– O que você faria se encontrasse a tal agenda vermelha? Opa, bom trocadilho: o que farias, Farias?

– Eu entregava pro meu chefe, ora...

– Você tá sabendo que se fizer isso a moça tá morta, né?

– Isso se foi o meu chefe que a sequestrou...

– Posso fazer um pedido a você?, em nome da nossa amizade... Não, isso não, que a gente nem é amigo. Em nome da minha santa mãezinha que dá duro na faxina para que eu possa me formar.

– Que pedido?

– Não conta pro seu chefe que você me conheceu e menos ainda que me trouxe aqui.

– Só isso?

– Só. Promete?

— Prometo, não conto pro homem com uma condição.
— Ih, caralho. Lá vem coisa. Que condição?
— Com a condição da gente não perder o contato.
— Tudo bem, desde que você não fique atrapalhando meus estudos que nem hoje.
— Certo. A gente só almoça de vez em quando.
— Você paga?
— Pago.
— E Farias, se você for investigar seu chefe, cuidado pra ele não perceber...
— Eu não vou investigar meu chefe.
— Ah, vai sim! Eu pus esse grilo na sua cabeça e você não é burro. Você vai sim. Vai investigar o banqueiro, só pra disfarçar, mas vai ficar de olho no seu chefe. E se descobrir, não conta pra ele que você sabe. Isso se quiser salvar a tal Damares, digo, Tamires. Uma gata daquela não merece morrer. Agora você me leva até a USP?
— Levo. Você não pôs um grilo na minha cabeça; você pôs um besouro! Só que o meu não é adestrado como o seu...

7

Havia um quase silêncio no carro, no trajeto até a Cidade Universitária, vez ou outra quebrado com uma observação sobre o trânsito lento da Avenida Rebouças, ou sobre horários, mas nada sobre o caso. Sempre uma conversa curta, que não evoluía. Apenas quando já adentravam a Cidade Universitária, Farias pareceu abandonar suas próprias conjecturas e se manifestou:

— Como é que você desenvolveu esse pensamento investigativo sobre crimes? Você lê muitos romances policiais?

— Já li alguns na adolescência. Atualmente curto mais livros relacionados à minha área de estudos, não sobra muito tempo para ficção. Sabe o que é, Farias? Eu sempre fui muito observador das pessoas e de suas motivações. O trabalho que estou redigindo, e possivelmente minha futura tese, é sobre isso, em certa medida. O que fez meu amigo de colégio virar jogador de futebol e outro amigo virar traficante?

— Você tem um amigo traficante?

— Tenho, mas não vai contar pra polícia!

— Não, não, fica sossegado...

— Você, por exemplo. Certamente um cara de classe média, classe média alta, com formação superior de alto nível, o que levou você a virar assessor desse seu patrão? Em comum entre você e meus amigos está a mesma coisa: grana. E permeando suas escolhas estão seus valores, os mesmos valores que amadureceram durante a vida.

— E você? Por que foi fazer Ciências Sociais?

— Eu poderia ter sido um subgerente de supermercado, como meu outro amigo, eu quis trabalhar, ainda adolescente. Mas minha mãe me impôs este caminho e uma professora amiga reforçou. Eu sempre estudei bastante, de início para agradar minha mãe, tirar boas notas; depois por gosto mesmo. Então, uma coisa que estava latente em mim se reforçou, virou ideal, meta de vida. Quer saber como eu saquei as coisas do caso? Eu não me atenho só aos fatos. Eu procuro entender as motivações dos fatos. Por isso topei aceitar sua carona. Eu sabia que ia me enrolar no crime, mas eu queria entender, ir fundo. O que levou aquela mulher linda que eu vi na foto no computador do delegado a se meter nessa confusão? Também queria saber quem era você, quem era e por que era um cara acima da cúpula da polícia.

– E o que você viu em mim?

– Quer mesmo saber?

– Quero.

– Vejo um cara inteligente, manipulador, muito bem preparado para o que faz, mas...

– Mas?

– Mas numa puta confusão mental, um cara dividido. Acho que você se apaixonou pela Tamires. Aposto que você cheirou as roupas dela que ficaram no apartamento, que chegou a deitar na cama dela e agora...

– Agora?

– Agora não sabe se fecha comigo ou fecha com o seu patrão.

– Sabe o que eu acho de você?

– O quê?

– Acho que você vai ser um ótimo sociólogo. Vamos nessa?

– Valeu pela carona. E pelo filé!

– A gente se vê ainda. Continue estudando.

O Audi vermelho manobrou no estacionamento e se foi, enquanto Davi ia em direção à biblioteca para ver no computador as reportagens sobre o caso, aproveitando os quarenta e cinco minutos que faltavam para a reunião com o professor. E deu tempo, inclusive, de ver as reportagens da TV. Na hora marcada, entrava na sala do professor, que o esperava. Relatou brevemente os avanços na redação do texto e informou que faltava somente a conclusão, checar alguns dados e discutir com ele algumas ideias que lhe ocorreram durante a semana. Mas antes queria mostrar algumas páginas redigidas e ter uma avaliação. Pacientemente esperou que o professor lesse, observando seus gestos de aprovação.

O professor Eduardo do Vale Lerner acompanhava o trabalho desde a concepção, quando ainda era apenas um amontoado de ideias vagas, mas que anunciava já uma futura tese, que agora certamente seria o próximo passo. Na verdade, o professor Eduardo o acompanhava desde o primeiro ano, quando se interessou por ele, num primeiro momento por suas boas notas e trabalhos bem fundamentados e depois por sua origem pobre. Sempre o estimulou e orientou suas leituras, chegando mesmo a emprestar livros, como o que ele estava devolvendo nesse encontro. Mais que uma relação de tutor e pupilo, tinham mesmo uma relação de amizade, embora restrita à faculdade. Era, por isso, uma pessoa em quem Davi confiava e não havia por que duvidar quando Eduardo dizia que o futuro dele seria lecionar na própria faculdade.

– Como sempre, seu texto está muito bom. Só faça a correção de um erro de regência verbal aqui – e apontou o erro. E aí, gostou do livro?

– Gostei sim, sobretudo das entrevistas no final, que além de ilustrarem bem o que ele discutiu no livro, me mostraram como devo conduzir minhas entrevistas com os amigos, fazendo com que eles digam o que pensam e não o que eu gostaria de ouvir. Interessante também o título: A Classe Média no Espelho.

Acho que é isso que eu devo ser, um espelho, que reflete o que meus entrevistados são.

— Perfeito, Davi, perfeito. E você também vai se olhar no espelho, não é?

— Isso aí. Mas, pensando bem, qualquer texto é um espelho...

— É verdade... Por que você não veio às aulas de manhã?

— Tive um problema.

— Em casa?

— Não, com a polícia.

— Polícia? O que aconteceu? Me conta...

— Eu achei um pedaço de um brinco, achei que podia ter algum valor, mas podia ser só uma bijuteria. Levei para avaliar numa loja de bijuteria do meu bairro e o dono disse pra jogar fora ou levar pra polícia. Fiquei curioso e levei pra polícia. Daí eles queriam que eu mostrasse o lugar onde eu achei...

— Você encontrou a parte do brinco da moça que desapareceu!?

— É... Como é que você sabe?

— Você não lê jornal?

— Leio, mas só a parte de política e do futebol, pra ver se sai alguma notícia do meu amigo e ficar por dentro do esporte, para conversar melhor com ele.

— Eu leio o noticiário de polícia, faz parte dos meus estudos...

— Que estudos?

— Estou preparando um ensaio sobre a relação entre crime organizado e poder. Mas você conhece essa moça?

— Por que será que todo mundo acha que eu conheço essa moça...?

– E o que fizeram com o brinco?
– Deram para um tal de Farias.
– Farias? Henrique Farias?
– É. Você conhece?
– De ouvir falar. É um assessor de um deputado federal...
– E você conhece os assessores de deputados federais?
– Um ou outro. Esse por acaso conheço de nome, não pessoalmente. E o que esse Farias disse?
– Está me parecendo que você está bem interessado nesse caso...
– Só curiosidade, porque os jornais pararam de noticiar... Ele tem alguma pista do paradeiro da moça?
– Não. Pelo menos não que eu saiba. Ele está atrás de uma agenda ou caderno de capa de couro vermelho e desconfia que eu saiba onde está.
– E você sabe?
– Claro que não! Até hoje de manhã eu não conhecia nem essa Tamires, quanto mais a agenda dela...
– Você foi interrogado pelo Farias?
– Mais ou menos. Ele me levou para almoçar num restaurante chique. A gente mais conversou. Ele é formado em Sociologia e Política, sabia?
– Sabia, de ouvir falar...
– Depois do almoço, ele me levou ao apartamento dela...
– Você conheceu o apartamento dela? Como é?
– Grande, luxuoso, mesmo revirado como está, dá pra ver. Nunca tinha visto um apartamento daquele. Aliás, nunca tinha almoçado num restaurante como aquele em que comi. Pra falar

a verdade, nem naquela rua eu tinha estado, como é o nome da rua...? Alameda... alameda...
– Alameda Franca.
– Como é que você sabe, Eduardo?
– Li numa reportagem.
– Eu li todas as reportagens antes de vir pra cá e nenhuma dá o nome da rua. Só falam "um apartamento nos jardins".
– Então deve ter sido na TV...
– Também vi e nenhuma diz o nome da rua. Abre o jogo comigo, Eduardo, que a minha cota de nego querendo me manipular se esgotou com o Farias. Não me faça perder a confiança em você!
– Não, é que...
– Não me enrola, cara! Você é ou foi amante da Tamires? Era um dos clientes dela? Abre o jogo, porra!
– Calma! Só estamos conversando, lembra?
– Calma o caralho! Tô com o saco cheio de gente querendo me enrolar! Enquanto isso a vida dessa moça está por um fio!
– Ela está viva?
– Para de enrolar, Eduardo!
– Está bem. Fecha a porta da sala, que gritando desse jeito daqui a pouco esta sala vai encher de gente...
– Pronto, a porta está fechada.
– Nunca vi você assim tão alterado...
– Primeiro o delegado e aquele lacaio escroto dele, depois o Farias e agora você com esse nhem-nhem-nhem, eu quero saber o que essa mulher tem a ver comigo, porra!
– Tem mais do que você pensa...

– Então você conhece a Tamires.
– Conheço, há muitos anos...
– Você teve caso com ela?
– Não, nunca! Ela é amiga da minha mulher, fizeram faculdade juntas...
– Sua mulher é psicóloga?
– Você sabe que a Tamires é psicóloga?
– Sei, o Farias me contou. Então, ela é amiga da sua mulher e...
– E foi assim que eu a conheci. Eu já namorava minha mulher e nunca teria um caso com a melhor amiga dela.
– Melhor amiga?
– Se você está pensando que minha mulher tem ou teve a mesma profissão dela, está enganado. Minha mulher admira a Tamires, não só pela história de vida dela, mas pela inteligência, pela afetividade, pela pessoa extraordinária que ela é. A gente não faz julgamentos moralistas sobre a profissão dela. E minha mulher está sofrendo muito com o desaparecimento dela. A gente achava que ela estava morta...
– É possível que ainda esteja viva. Enquanto os caras não puserem a mão no caderno vermelho, ela tem chance... E como é que você conhece o Farias?
– Tá bom. Eu poderia enrolar, mas se é para abrir o jogo, vamos abrir o jogo. A Tamires me falou. Disse que estava sendo vigiada por esse Farias e que temia que alguma coisa pudesse acontecer a ela.
– Então ela sacou o Farias... Eu disse pra ele que ela devia ter sacado...

– Que mais que esse Farias falou dela? E que caderno vermelho é esse?

– Melhor você não saber. Só espero que ele não saiba que você e sua mulher são amigos dela...

– Duvido. Ultimamente a gente só conversava por telefone.

– Pois é, telefone que está na mão dos caras agora. É bom você e sua mulher ficarem espertos... Mas por que você disse que ela tem mais a ver comigo do que eu penso?

– Ah, nada de mais, só...

– Para, Eduardo! Jogo aberto!

– Você é foda, Davi! De onde vem essa sua esperteza?

– Quem viveu e vive na periferia, como eu, ou faz de conta que não vê nada, ou aprende a ficar esperto, a ser desconfiado. Eu faço as duas coisas: faço de conta que não vejo nada, mas fico esperto. Lá, nunca se sabe quando uma treta vem pra cima de você. Lá, cada um se defende como pode. É o que estou fazendo o dia inteiro hoje. Por isso, se você sabe alguma coisa dessa mulher relacionada comigo, me conta, porque a treta já veio pra cima de mim.

– Certo, Davi, acho bom você saber tudo. Certa vez, quando você ainda estava no primeiro ano, num jantar em minha casa, a Tamires me perguntou do meu trabalho, e eu falei genericamente, que ia bem, coisas assim. E ela me perguntou se algum aluno tinha chamado minha atenção, me pareceu promissor. Eu disse que vários, mas um em particular me parecia muito promissor, pela seriedade, pelo empenho, pelas perguntas inteligentes: você. A partir daí, toda vez que a gente se encontrava ela queria saber de você, e tempos depois disse que conhecia você desde criança. Sabe aqueles livros que eu te dei? Não fui eu, foi ela. Ela sabe todo seu desempenho escolar, tudo da sua vida, com quem você sai , mas isso não sou eu que digo pra ela. Tem alguém além de mim de olho em você. Pronto: disse tudo. Ela é mais ligada em você do que você pensa. Às vezes eu acho que ela ama você...

– E você escondeu tudo isso de mim... Que bosta de amigo você é...

– Me desculpe, mas ela me fez prometer que nunca contaria a você.

– Quem é essa pessoa que fica na minha cola, a informante dela?

– Já disse que não sei, mas deve ser um colega seu ou uma colega...

– Você percebe que se eu não souber vou ficar desconfiado de todos? Me dá uma dica, alguma coisa que ela disse dessa pessoa.

– Teve uma vez que ela comentou com minha mulher, eu estava junto, que essa pessoa jantou numa cantina com você, mas teve que pagar, porque você é duro... E aí ela arrematou que se Deus quiser um dia você poderá comer no restaurante que quiser.

– Saquei quem é. É a Lívia. A Lívia trabalha no ramo dela?

– Isso eu não sei nem quero saber. Só sei que a Tamires ficou preocupada que você se envolvesse com ela seriamente.

– Isso sem chance. Não quero nada sério com ninguém até concluir meus estudos, até ter um emprego decente. A Lívia foi só um caso, tanto pra mim como pra ela, como outras com quem saí.

– Foi o que eu disse pra Tamires, que você era muito focado nos estudos. Mas me conta mais da sua conversa com a polícia e principalmente com o Farias...

– Presta atenção no que vou falar, Eduardo. Fica na sua e não se meta nesse caso mais do já está. E se procurarem você, por favor não diga que ela me conhece; e se perguntarem por mim, diz que não sabe de nenhum envolvimento entre mim e ela. Você percebeu que a notícia saiu nos jornais por dois dias e depois sumiu? Ela estava envolvida com caras de muito poder, todos eles, com poder suficiente pra calar a imprensa. É gente capaz de mandar no Secretário de Segurança. Não tem como peitar esses caras. E fala pra sua mulher também ficar na moita, não comentar com ninguém, nada.

– E você? Também vai ficar na sua?

– Isso acho que não tem mais jeito...

– O Farias chegou em você, não é? Ele não pagaria almoço, levaria você ao apartamento dela, se não tivesse suspeita sobre você. Cuidado, esse Farias pode ser muito perigoso...

– É, o Farias é esperto, muito esperto. Ele me sacou de cara e eu sou a única pista que ele acha que tem pra chegar ao tal caderno vermelho. Mas eu sei me defender, não se preocupe. Eu raqueei a programação mental dele e inoculei um vírus, que se der certo eu inverto esse jogo.

– Vírus? que vírus?

– Esquece, coisa minha. Mas só para sua informação: o Farias tem um lado legal, o lado da formação dele, que ainda não se vendeu completamente ao patrão dele. Esse lado se identificou comigo e foi por aí que eu entrei na cabeça dele. Se esse lado ganhar força, eu vou ter nele um aliado, não um inimigo. E tem chance de isso acontecer, porque ele gosta da Tamires e não quer que ela morra. Sabe o que ele falou de mim?

– O quê...?

– Que eu vou ser um grande sociólogo. Mas não pense que eu fiquei envaidecido com isso. Isso pra mim significou duas coisas: primeiro, que ele tem admiração por mim; e segundo, principalmente, que ele vê futuro em mim, que não está a fim de me foder, de me prender, de me matar. Então, por enquanto pelo menos, eu estou numa boa com o Farias. No contexto em que ele disse isso não havia ironia na fala dele, ele falou sincero. Ele vai me procurar de novo e tomara que quem me procure seja o lado bom dele...

– Eu também acho que você vai ser um grande sociólogo e a Tamires também.

– É, mas agora eu preciso mesmo é ser um bom morador da Zona Leste, daqueles bem espertos, que faz o que pode pra sobreviver... E tem a Tamires...

– O que tem a Tamires...?

– O cavaleiro andante da periferia vai ter que matar o dragão para salvar a donzela encarcerada... Se bem que, no caso, o que com certeza ela não é, nem de longe, é uma donzela...

– O que você pretende fazer?

– Não sei. Só sei que não posso ficar parado. Preciso encontrar a tal agenda vermelha antes dos caras...

– Você sabe como?

– Deixa pra lá. Vamos ao que interessa aqui. Não se preocupe que o meu trabalho de conclusão de curso vai ficar pronto nos próximos dias. E depois, se você topar, vai me orientar na pós-graduação e na dissertação de mestrado. E me recomendar para uma bolsa na FAPESP também seria bom. Posso contar com você?

– Você sabe que pode. Eu não vou atrapalhar a formação de "um futuro grande sociólogo". No que eu puder ajudar, conte comigo.

– Valeu. Até mais, a gente se vê.

Na saída, encontrou um colega de classe e procurou se informar sobre as aulas perdidas da manhã e copiou num caderno as anotações do colega. Ainda conversaram um pouco sobre seus T.C.C.s. Já começava a anoitecer quando se despediu do colega e as luzes dos postes de iluminação começavam a se acender. Em torno de uma dessas luzes um besouro voava junto com uma mariposa. Mas ele não viu isso.

8

Como esperava, sua mãe assistia à TV, quando ele chegou em casa. Cumprimentou-a, foi até o quarto, deixou os livros, o caderno e a pasta com seus textos sobre a mesinha e voltou para a sala.

– Sua comida está no micro-ondas; é só esquentar.

– Depois eu janto. Mãe, desliga essa televisão que precisamos conversar.

– Espera o intervalo.

– Mãe, desliga, por favor.

– O que é tão urgente que não pode esperar uns minutinhos!
– Por que você não me disse que aquilo que eu achei era o brinco da Raquel?
A mãe desligou a TV.
– Você não jogou aquilo fora como eu pedi?
– Não. Eu levei pra polícia.
– Pra polícia?! Filho, o que você fez!...
– Fiz o que era certo fazer. Agora me explica direitinho o que aquele pedaço de brinco estava fazendo no beco. Como veio parar aqui?
– Você devia ter ouvido sua mãe! Agora vão enrolar a gente com a polícia! Pelo amor de Deus, Davi! O que você foi fazer!
– Não se preocupe. Eu não disse que achei no beco.
– Onde você disse que achou?
– Atrás do colégio, a quarteirões daqui.
– E eles não quiseram prender você?
– Claro que não. Que criminoso seria tão burro de levar pra polícia a prova do crime. E para de me fazer pergunta, que quem pergunta aqui sou eu! A Raquel veio aqui, não veio?
– Veio.
– Fazer o quê?
– Me visitar.
– Mãe. Quero deixar uma coisa bem clara pra você: a Raquel está envolvida num caso barra-pesada. E agora quem está no meu pé não é a polícia, é gente acima da polícia, gente de poder. Eu preciso estar bem preparado para me defender. Não posso ser pego de surpresa como hoje de manhã na polícia, quando soube que o brinco era da Raquel e quase entreguei que eu a

conhecia. Se eu não sou esperto, os caras me pegam. Preciso saber de tudo sobre a Raquel e sobre mim, tudo, entendeu, mãe? Chega de me esconder as coisas e me diz tudo que eu quero saber. Se não, todo seu esforço para que eu estudasse, todo meu esforço para estudar, tudo isso vai por água abaixo.

– Sua vida está em perigo?

– Está. Tem deputado, banqueiro, empresários envolvidos no caso. Gente de muito poder.

– Ai, meu Deus! Em que a gente se meteu...

– Fica tranquila que você está fora, por enquanto. Pros caras você é só minha mãe, que faz faxina para que eu possa estudar. Vai, mãe. O que a Raquel veio fazer aqui e qual o envolvimento de vocês duas?

– Tá bem, vou falar o que você quer saber. Sabe aquela máquina de lavar roupa que está lá fora?

– Máquina de lavar? O que tem a ver a máquina de lavar!?

– Foi a Raquel que comprou.

– Como é?

– Tá vendo esta televisão, a geladeira? Também foi ela.

– Ô, mãe! Você fica aceitando dinheiro de puta?

– Puta?! Não admito que você trate a Raquel assim! Eu sou puta também? Eu também uso meu corpo pra fazer as faxinas. Só não faço sexo, mas me vendo igual!

– Ô, mãe, foi mal. Eu tenho muito respeito por você e por ela. Me desculpe...

– Eu não ensinei você a julgar as pessoas, ensinei a respeitar quem merece respeito. Você não trata com respeito aquele seu amigo que virou traficante? Como não vai respeitar a Raquel!

Mas se você quer saber, eu não pedi pra ela nem máquina, nem geladeira, nem nada. Ela via que faltava e, quando eu percebia, essas coisas já estavam chegando aqui em casa. E pra mim isso só mostra como a Raquel é generosa e o quanto ela gosta da gente, inclusive de você, seu malagradecido!

– Já pedi desculpa, você está certa... Ela dava dinheiro também?

– Você quer saber tudo? Tudo mesmo?

– É preciso, mãe. Chega de mistério entre a gente. Sempre que eu perguntava dela, você me dava uma resposta evasiva e eu respeitava, porque achava que você tinha alguma razão pra esconder. Com ela era a mesma coisa, nem dos pais dela ela me falava. Aliás, eu também não sei do meu pai. Você sempre me diz que ele morreu e que não quer falar dele. E eu sempre respeitei. Mas hoje eu vou querer saber. Vai que os caras me pegam de surpresa e me falam sobre meu pai... Esses caras podem ter a informação que quiserem!

– Tá bom, mas uma coisa de cada vez. Se prepara, porque não tenho nenhuma história bonita pra contar. A única história bonita da minha vida e da Raquel é você.

– Então me ajuda a não estragar essa história.

– Você me perguntou se a Raquel me dava dinheiro. Dava, desde o tempo em que ela morava aqui e começou a trabalhar. Sem a ajuda dela, não sei se eu dava conta de sustentar a casa. Até daria, mas teria que trabalhar o dobro. O primeiro emprego dela foi numa loja de sapatos, no centro. Ela trabalhava e estudava à noite, nunca deixou de estudar. Nesse emprego, ela era a melhor vendedora e ganhava uma boa comissão, principalmente perto do Natal e do Dia das Mães. Mas ela não gastava à toa não. Me dava a metade, e a metade dela ela gastava com condução, roupas, só o necessário, e guardava o resto na poupança e num esconderijo aqui em casa que eu nunca descobri. Eu sei, porque num sábado eu tinha pouco dinheiro pra feira e ela me apareceu com o dinheiro. Ela trabalhou nessa loja até um dia que apareceu uma mulher e ofereceu de ela trabalhar na empresa dela. A empresa dela era um serviço de acompanhante. Isso foi logo depois de ela entrar na faculdade, com dezoito anos quase dezenove. Eu insisti pra que ela não aceitasse, mas ela topou, porque iria ganhar muito mais.

– Então ela já começou como acompanhante?

– É. Ela trabalhou um tempo com essa mulher, um ano e meio, dois anos, até decidir trabalhar por conta, sem dar a parte da mulher. Não foi fácil, porque nesse negócio só se sai quando a garota é dispensada, ainda mais ela que era muito requisitada. Mas ela escolheu a dedo os clientes dela, e um deles forçou a patroa dela a aceitar. Acho que era um cara ligado à polícia.

– Sei quem é.

– Sabe? Quem?

– Melhor você não saber.

– Melhor mesmo.

– Quando ela vem aqui, ela pergunta de mim?

– Perguntar pra quê... Ela sabe mais de você que eu... Eu é que pergunto de você pra ela. Eu sei as notas que você tira, os trabalhos escritos que você faz, os seminários e até as meninas com quem você sai. Até fotos suas ela me mostra no celular. Ela não só sabe tudo de você, como ajuda você sem que você saiba, não só com o dinheiro que ela traz todo mês. Por exemplo, o cursinho que você fez. Não fui eu que consegui a bolsa, foi ela. Ela conseguiu seu histórico escolar, mostrou pro dono ou diretor do cursinho, sei lá, e pagou as mensalidades, que eu não podia pagar nem com a bolsa.

– Por que essa ligação tão forte com a gente?

– Ela me chama de mãe, diz que eu sou a verdadeira mãe dela.

– Então, se você é a mãe, eu sou o irmão...

– Não sei não, filho. Acho que não... Pelo que ela me disse...

– O que foi que ela disse?

– Isso ela me contou faz pouco tempo, mês passado, eu acho. Mas é coisa acontecida há muito tempo. Você se lembra de quando você veio dormir na sala?

– Lembro.

– Naquele tempo ela estudava à noite e voltava tarde. Então, ela contou que uma noite, estava calor, ela se trocou no quarto, porque você, como sempre, estava dormindo. Mas naquela noite ela percebeu que você estava acordado, fingindo que estava dormindo, mas mesmo assim não se preocupou em se vestir logo, ficou andando pelo quarto pra que você visse...

– Foi por isso que eu vim dormir na sala, porque se continuasse no quarto eu ia acabar pulando em cima dela...

– Foi o que ela disse, que você foi mais maduro que ela, que se você continuasse no quarto, ela é que ia pular na sua cama... Daí eu acho que ela não vê você como irmão. Ela sempre diz que você ficou um homem muito bonito. Tem que ver a cara dela quando olha suas fotos. Ela diz coisas assim: "não é bonito o nosso gatinho?".

– Mas agora o gatinho aqui precisa saber mais. Por que ela veio morar aqui?

– Ai, essa é a parte difícil de falar. Eu consegui esconder de você tanto tempo, porque eu tenho vergonha de contar, tenho medo de que você me despreze...

– Eu nunca vou desprezar você. Eu sei muito bem que vida de pobre, como nós, é dura.

– Mas para alguns é mais dura...

– Vai, mãe, se abre. Acho que já estou bem crescidinho pra aguentar o tranco.

– Mas você promete que não vai deixar de gostar de mim?

– Prometo.

– Eu conheci a Raquel quando fui trabalhar na casa dela, você ainda era um bebezinho de colo, nem tinha três meses.

– E eles aceitaram você lá com um bebê?

– Pois é. Para explicar melhor, vou contar como você nasceu e quem é o seu pai. Me perdoe, filho, mas a verdade é esta que eu vou contar. Eu morava em Alfenas, em Minas, tinha quinze anos, e meu pai, que era pobre, arranjou para mim um emprego numa loja de tecidos, roupas de cama, camisolas, essas coisas. Comecei varrendo a loja, dobrando as peças que as vendedoras largavam no balcão, enrolando os tecidos, coisas assim. Mas eu era bonitinha, levava jeito, era muito esforçada, e o dono logo me pôs de vendedora. Aí me pagava comissão, me tratava bem e começou a dar em cima de mim. No começo eu recusei, porque sabia que ele era casado e tinha filhos. Mas ele insistia, me tratava com carinho, diferente do meu pai que era um bronco.

Acabei me apaixonando e ele dizia que era apaixonado por mim, que ia largar a mulher dele, enfim, acabei cedendo.

– Ele é o meu pai?

– É.

– Ainda é vivo?

– Acho que sim. Nunca mais voltei pra lá. Mas deixa eu contar tudo, depois se você quiser perguntar alguma coisa...

– Certo. Continua.

– Quando eu engravidei, ele queria que eu tirasse e eu me recusei, dizendo que nunca ia matar um filho que foi feito com tanto amor. Sabe o que ele fez? Me mandou embora da loja. Então eu cheguei em casa chorando, contei pra minha mãe, que contou pro meu pai, que me pôs pra fora de casa, porque uma filha puta não podia ser filha dele. Fiquei desesperada, pensei até em me matar, mas quando pensei que mataria também você, me deu foi raiva e voltei à loja, levei seu pai pro depósito e disse que se ele não me ajudasse, eu ia contar pra mulher dele e pra cidade inteira que ele era o pai do meu filho. Ele disse que daria um jeito, só precisava de um ou dois dias, e me hospedou num hotel. Dois dias depois, ele me disse que tinha uma irmã em São Paulo que aceitou me receber pra ter o filho. Só que eu não podia dizer que o filho era dele, que ele estava fazendo uma caridade para uma empregada que tinha sido seduzida e enganada.

– Um filho da puta desses é o meu pai?

– Você entende por que nunca mais quis saber dele?

– Você era uma adolescente ingênua que caiu na lábia de um sem-vergonha. Eu não condeno você não, mãe.

– Quando você nasceu, a dona Dionice, a irmã do seu pai, cuidou do seu enxoval, do registro e de mim. Ela é uma pessoa de bom coração. Em troca da casa e da comida, eu cuidava da casa, enquanto ela fazia assistência social ligada à igreja que ela frequentava. A casa era grande, comida pra fazer, roupa pra lavar e passar, não sobrava muito tempo pra cuidar de você. Acho que meu leite era pouco, porque você chorava muito e o marido dela começou a pressionar pra me mandar embora. E um dia ela veio e me disse que o pastor da igreja dela ia me receber na casa dele, que tinha um quartinho no fundo. Era só eu continuar fazendo o que eu fazia na casa dela.

– E você foi?

– Fui. De fato, fui bem recebida, o pastor e a mulher dele ficaram com muita pena de mim. A dona Helena até dividia as tarefas da casa comigo, pra eu cuidar de você, comprava leite em pó pra mamadeira, tudo.

– Ela se chamava Helena? E o pastor?, o nome dele é Damasceno?

– É! Como é que você sabe? Você se lembra?

– Claro que não. Esse é o nome da Raquel: Tamires Helena Damasceno.

– Eu sabia de Tamires. Então ela pôs o nome dos pais? Essa menina...

– Eles são os pais da Raquel, então. Um pastor protestante...

– A Raquel tinha três anos, uma menininha linda, linda. Ela logo se apegou a mim e eu a ela. E queria trocar suas fraldas, dar mamadeira pra você... E conforme você foi crescendo, era ela quem brincava com você, quem ajudou você a aprender a andar.

Você não se lembra dela?

– Vagamente. Às vezes me vem na lembrança a casa, uma menina jogando bola e rindo... Era a Raquel, então. E por que você saiu de lá?

– Eu não saí. Eu só me mudei pra cá.

– Essa casa é nossa. Como você conseguiu comprar?

– Não fui eu que comprei, foi o pastor.

– Então ele é um sujeito bom mesmo!

– Nem tanto, Davi, nem tanto... Vou contar por que ele me deu esta casa. Uma tarde, a dona Helena tinha saído com a Raquel, ele veio até o quartinho onde a gente dormia e eu estava amamentando você. E ele só ficava de olho no meu peito e falava que sorte a sua de poder chupar um peito tão bonito. Depois disso, toda vez que dona Helena saía com a Raquel, ele vinha e me assediava, esperava você dormir e ameaçava me pôr na rua, se eu contasse pra alguém. Fiquei com medo, porque não tinha pra onde ir e acabei cedendo. Isso aconteceu três vezes, até que ele se arrependeu e disse que eu era uma tentação do diabo, que era melhor eu ir embora de lá. Quando eu percebi a fraqueza dele, resolvi ser mesmo diabólica e disse que só saía de lá, se ele arranjasse uma casa pra gente morar. Então ele comprou esta casa e pôs no meu nome, mas eu não parei de trabalhar na casa deles. Eu levava você na creche e ia trabalhar.

– Da creche eu me lembro. Mas ele não continuava assediando você?

– Uma vez, eu estava passando roupa, ele veio e se encostou em mim por trás. Eu empurrei ele e ameacei encostar o ferro quente na cara dele. Eu disse: "você vai ficar com a marca do diabo!". E eu ameacei contar pra mulher dele e ir ao culto da igreja e contar pros fiéis dele. Ele respondeu que ninguém ia acreditar em mim. Eu falei que muitos iam acreditar sim, principalmente a dona Helena – essa sim era uma pessoa boa, coitada, casada com aquele traste metido a santo. Depois desse dia, nunca mais ele tentou nada... Ai, filho, ficar contando essas coisas pra você está me fazendo mal. Vai pegar um copo de água na cozinha, vai...

– Pronto, mãe. Se acalma.

– Você me perdoa?

– Não tem nada o que perdoar, mãe. Você quer descansar um pouco? Só até se acalmar. Ainda falta você me falar da Raquel...

– Ah, a Raquel... Coitada dessa minha menina... Deixa eu mostrar pra você uma coisa bonita dela. Vai até o meu quarto, na última gaveta da cômoda, embaixo das roupas de cama, tem três pastas: uma vermelha, uma azul e uma amarela. Traz a vermelha.

Foi e voltou com a pasta vermelha.

– Pronto, mãe. O que tem essa pasta?

– São coisas da Raquel que eu guardei. Essa aqui é uma carta que ela escreveu no dia das mães pra mim. Olha que bonitinha a letra dela... Esse aqui é um cartão de Natal que veio junto com uma saia que ela me deu de presente, no tempo em que ela trabalhava na loja de sapatos.

– Eu me lembro dessa saia. Você pouco usa...

– Eu adoro a saia, tenho até hoje. Mas eu uso só pra passear, mas passeio tão pouco... Esses aqui são desenhos dela. Adoro esse coração com o meu nome... Esse aqui foi o primeiro que ela me deu, ela só tinha cinco anos, olha, ela disse que sou eu, ela e você; esse pequenininho aqui é você.

— A minha boca é redonda?

— Ela disse que era chupeta... Esses aqui são modelos de vestido que ela inventava, olha que bonitos...

— E isso aí, o que é? Parece um bicho feio...

— Esse desenho eu guardo com muito carinho, porque conversando sobre ele eu acho que dei muita força pra ela. Era essa fase de começo da adolescência, treze anos, por aí, a fase difícil em que acaba a infância e a pessoa fica chata – você também era um pouco assim. Ela disse que esse desenho era um autorretrato. Ela viu na televisão ou numa aula, sei lá, que esse bicho vivia na bosta, que nem ela. Então eu mostrei pra ela que tinha muita coisa boa na vida da gente, que a gente era pobre, mas se amava, que, mesmo com pouco, a gente tinha um ao outro, que ela continuasse estudando, que um dia teria uma vida melhor...

— Isso é um besouro?

— É. É um besouro.

9

— E agora, tá mais calma?

— Está sendo muito difícil pra mim falar dessas coisas do passado. Eu gostaria de ter um jeito de enterrar tudo isso...

— Isso faz parte do meu passado também, mãe, eu tenho o direito de saber, até porque essa merda toda está afetando meu presente. A Raquel tinha razão, a gente vive na bosta... Mas me conta como a filha do pastor veio morar aqui.

– A Raquel tinha onze pra doze anos e já era linda, o corpo se formando, os seios crescendo, linda... E aconteceu de ela ser estuprada.
– Não vai me dizer que foi o pastor!...
– Não, não foi ele não. Ninguém sabe quem foi.
– E não avisaram a polícia?
– Que polícia nada. Ela contou pra mim e pra mãe, a coitadinha tremia de medo, a calcinha ensanguentada... Ela pediu pra mãe não contar pro pai, porque estava morrendo de vergonha. Mas a mãe contou. O homem virou bicho, queria espancar a menina, dizia que a culpa era dela de andar com aquela saia curta provocando os homens – era o uniforme de escola dela!
– e por fim expulsou ela de casa, que ele não queria aquela filha impura, aquela servidora de satanás. A menina foi pra rua com a roupa do corpo, o uniforme da escola.
– E a mãe, não reagiu?
– Ela, coitada, tinha medo dele. Até ameaçou ir atrás da filha, mas ele disse que, se ela passasse da porta, não podia mais entrar, que sumisse da vida dele porque seria igual à filha.
– Que homem ruim esse pastor!
– Mas eu fui atrás dela e trouxe aqui pra casa. Consolei ela, cuidei, disse que gostava dela do mesmo jeito.
– Eu me lembro desse dia, aliás, já era noite. Lembro da cara assustada dela e de você dizendo que ela ia dormir em casa. Ela dormiu no seu quarto, não é?
– Então cada dia eu trazia uma roupa dela, que a mãe dela me dava, sempre escondida do pastor. Até que uns meses depois, quase um ano, ele descobriu que ela estava comigo – acho

que algum crente da igreja dele contou – e me mandou embora, porque não queria outra filha do diabo na casa dele. Foi aí que eu comecei a fazer faxina.

– Agora estou entendendo por que ela pôs o nome da mãe e do pai no nome de guerra dela... Naquele dia nasceu a Tamires, filha daqueles pais filhos-da-puta dela. A Raquel só continua viva aqui, pra nós dois... Sabe, mãe, você me contando tudo isso só me faz gostar mais ainda da Raquel e eu prometo pra você que eu não descanso enquanto não encontrar nossa Raquel.

– Isso é muito perigoso, Davi. Você vai se meter com gente muito ruim. Eu acho que a gente perdeu a Raquel...

– Por isso você andou tão calada esses dias...

– Foi. Eu choro toda noite. Era duro ficar fingindo que eu assistia às novelas, para não preocupar você.

– Mãe, ela falou alguma coisa dos clientes dela?

– Ela pouco falava da vida dela. Só uma coisa ou outra; que ela morava num apartamento enorme, que tinha comprado um carro novo, que ia viajar por duas ou três semanas... Espera aí... Desse homem com quem ela viajou, ela me contou sim. Parece que era um francês, que levou ela pra Paris... Lembra aquele perfume francês que eu disse que ganhei de uma madame? Foi ela quem me deu, depois que voltou. Ainda tenho mais da metade...

– E o que ela falou desse francês?

– Disse que ele era louco por ela, que queria se casar com ela, que daria tudo que ela quisesse, se fosse viver com ele.

– Ela devia ter topado. Hoje estaria vivendo como madame em Paris... Por que ela não topou a oferta do homem?

– Porque, como ela disse, nunca que ia abandonar a mãezinha dela, nem o querido filho dela, que ela queria assistir o dia em que você vai ser doutor. Não sei se é isso, mas foi isso que ela disse. Você acha que foi esse francês que levou ela?

– Acho que não. Esse aí pelo jeito é apaixonado por ela, não ia forçar a barra com sequestro... Mas como é que eu nunca vi a Raquel aqui, se ela vinha sempre?

– Ela sabe todos os seus horários. Vinha sempre quando você não estava. Ela não queria que você soubesse que ela ajudava a gente e queria que você se sentisse vencendo a pobreza com seus estudos, para que nunca se esquecesse de onde veio e fosse um bom sociólogo. Você não faz ideia de como ela admira você, de como ela comemora cada progresso seu. Ela acha essa dissertação de mestrado que você está fazendo uma coisa genial.

– Ainda não é uma dissertação de mestrado...

– Mas vai ser. Ela disse que é coisa de ser publicada!

– Eu nem escrevi o texto e ela já está publicando...

– Pois é, filho. Esquece a Raquel, que é coisa que não está na nossa mão e se concentra no seu estudo, que isso sim está na sua mão.

– Não tem como esquecer a Raquel, mãe. Ela está precisando de ajuda e agora chegou a minha vez de dar ajuda a ela.

– Mas é muito perigoso!

– Eu sei. Por isso estou me preparando. E não se preocupe que eu sei me cuidar. E também não vou abandonar meus estudos. Me diz uma coisa: quando ela veio aqui da última vez, ela deu alguma coisa pra você guardar?

– Deu.

– O quê?

— Um pequeno pacote que ela pediu que só abrisse quando ela fosse embora. E ela disse que talvez demorasse a voltar. Quando abri o pacote, eram cem mil reais. Eu entendi que aquilo era uma despedida...

— Só isso que ela deu?

— Só isso?! Eu nunca tinha visto tanto dinheiro!

— Não, claro que é muito dinheiro. Eu quero saber, se além do dinheiro, ela deixou mais alguma coisa com você.

— Não... Só o dinheiro.

— Ela não deixou um caderno de capa vermelha?

— Caderno? Que caderno?

— Caderno, agenda, não sei direito.

— Não, não deixou nada disso.

— E você não viu se estava com ela? Na bolsa...

— Não, não vi nenhum caderno com ela.

— Você ficou o tempo todo com ela, ou ela ficou sozinha alguma vez?

— Por que você está perguntando essas coisas?

— Só responde, mãe.

— Você tá parecendo policial. Mas tá bom, me deixa lembrar... Enquanto eu estava passando o café, ela disse que ia até o seu quarto dar uma olhada. Ficou uns dois minutos e voltou elogiando a arrumação e a ordem da sua mesa.

— Foi só essa vez que ela ficou sozinha?

— Também, pouco antes de me dar o pacote com dinheiro e ir embora, ela foi ao banheiro. Ficou um pouco mais que o normal, acho que ela estava menstruada, sei lá... Que caderno vermelho é esse?

— Você não viu a reportagem na TV?

— Vi a empregada dela falando, mas não dei importância. Eu estava tão preocupada com ela... Mas o que é esse caderno?

— Não sei, também queria saber... Mãe, o que são aquelas outras duas pastas na gaveta?

— A azul são coisas suas que eu guardo, igual da Raquel. E a amarela são documentos da casa, escritura, IPTU, essas coisas.

— Muito obrigado por me contar tudo que você me contou, obrigado mesmo. E não se preocupe que eu continuo amando você do mesmo jeito, até mais. Mas ô mulher pra dar azar com homem você, hein, mãe! Cada tralha que cruzou o seu caminho!...

— Nem todos, Davi, nem todos... Tem gente boa também...

— Epa! Senti cheirinho de romance no ar! Se prepara, filho da dona Virgínia, que lá vem bomba! Vai, mãe, conta aí.

— Eu não disse que tem alguém...

— Para bom entendedor, meia palavra basta...

— Mas é esperto esse meu filho... Tá bom, outro dia eu conto. Hoje não, que eu estou cansada.

— Mas é um cara legal?

— Muito. Eu nem sei se mereço um homem como ele...

— Mas ele é muito afim de você, de verdade?

— Ele quer casar comigo. Mas agora chega. Boa noite.

— Quero saber tudinho, dona Virgínia. Não pensa que você vai me escapar. Espera: deixa eu dar um beijo em você. Boa noite.

Dormir: isso era uma coisa que certamente ele não conseguiria naquela hora. Até para que isso tivesse alguma chance de acontecer, precisava ordenar em sua cabeça todos os fatos do dia mais intenso de sua vida, o dia em que apareceram as peças que faltavam para montar o quebra-cabeça da sua existência, o dia em que seu passado e seu futuro se juntaram nesse presente conturbado que experimentava agora. E no centro desse turbilhão de ideias estava Raquel, que o acaso materializado em besouro tinha posto de volta em sua vida, com seu pedido de socorro em ouro e diamante. Talvez por isso, em vez de ir para o quarto, preferiu ir sentar-se no começo do beco, seu lugar de espera e de pensar, porque precisava estar lúcido para incorporar esse novo Davi que estava nascendo naquele dia. Raquel não precisava do adolescente inteligente, esperto e promissor que tinha sido até ali. Não, precisava do homem – inteligente e esperto sim, mas decisivo, que não podia falhar, se quisesse salvá-la, o homem que nascia agora e que ele tinha que se acostumar a ser, o homem capaz de enfrentar inimigos perigosos, poderosos e cruéis, inimigos que matariam, se considerarem necessário.

Por isso voltou ao beco e foi repassando em pensamento cada momento daquele dia, desde a conversa com o dono da loja de bijuteria, até o beijo na testa de sua mãe. Precisava pensar objetivamente, deixar de lado as emoções envolvidas nas situações; precisava da frieza do pesquisador, do observador das pessoas que costumava ser, desvencilhar-se dos sofrimentos de sua mãe e de Raquel, ater-se aos fatos presentes, priorizar suas ações. Que bom se pudesse só se ocupar com os acenos promissores do professor Eduardo sobre o seu futuro. Mas isso não era prioridade. Prioridade era a vida de Raquel em perigo. Nem o namoro de sua mãe importava nesse momento. Raquel, sim. E de tudo que pensou, dois componentes apontavam o rumo de suas ações: Farias e o caderno de capa vermelha.

Farias: o que ele sabia que ainda estava ocultando? Por que esse súbito interesse por ele, alimentado com filé mignon? Seria um homem perigoso? Uma coisa era certa: ele voltaria a procurá-lo, não tinha a menor dúvida. Estaria ele envolvido no sequestro? Que destino ele daria se pusesse a mão no caderno de capa vermelha?

O caderno vermelho: quase certeza de que estaria escondido em sua casa. Porque Raquel sabia que estava sendo seguida e certamente com medo de ser morta, e por isso deu aquela quantia para sua mãe. Isto era urgente: encontrar esse caderno de capa de couro vermelho. E o que conteria esse caderno ou agenda, com poder de ameaçar vidas? Sua mãe falou de um antigo esconderijo onde Raquel guardava suas economias. Estaria lá o caderno ou agenda? Nessa vida de mentiras que Raquel levava, em que até seu nome era falso, parecia que a única pessoa em quem confiava, e para quem se mostrava verdadeiramente, era sua mãe. Teria deixado o tal caderno com ela? Não, sua mãe pareceu sinceramente surpresa quando se referiu a ele.

De tantas dúvidas e perguntas sem respostas, só lhe restavam duas certezas: Farias e o caderno de capa vermelha. Farias era a chave para se aproximar do mais provável sequestrador. E o caderno de capa vermelha era o seu instrumento de poder, necessário para que tivesse alguma chance de resgatar Raquel. Precisava encontrá-lo antes do Farias e convencê-lo a se juntar a ele, ou conseguir manipulá-lo – empreitada difícil, porque era um sujeito muito esperto e inteligente, a ponto de perceber, não sabia como, sua ligação com Raquel. O que será que Farias conhecia dele para fundamentar suas suspeitas? Estaria apenas jogando o verde para colher o maduro? Mas por que o levou ao apartamento de Raquel? Será que via nele um possível aliado? Seja lá o que fosse, era preciso muito cuidado com esse Farias...

Já se preparava para se levantar de seu banco de pensar, em busca de um possível esconderijo onde estivesse a agenda de capa vermelha, quando viu, voando em sua direção, um besouro, maior que aquele outro que no dia anterior o levou ao pedaço que faltava do par de brincos de Raquel. Observou seu voo irregular, como de um avião desequilibrado por um vento de revés, se aproximando até pousar no mesmo joelho direito em que pousou o outro bicho da mesma espécie na noite anterior. Mas, diferentemente da outra vez, não armou o indicador e o polegar da mão direita para um violento piparote no coleóptero. Apenas ficou observando o recolhimento das asas, as patinhas se fixando na mesma calça jeans que usava no dia anterior. A lembrança do desenho de Raquel conteve o impulso de tirar o bicho de seu joelho e levantar-se. E assim ficou por mais de um minuto, olhando fixamente o bicho imóvel, até ver o besouro levantar as negras carapaças protetoras de suas asas e sair voando novamente, sabe-se lá para onde, seguindo seus instintos de poucas funções de sua vida de besouro...

10

Começaria pelo quarto. Primeiro, certificou-se de que sua mãe realmente dormia. Mais provável que, se fosse para esconder, estivesse no seu quarto, num canto qualquer do guarda-roupa ou mesmo na antiga cama de Raquel, que agora mais servia de depósito de livros e cadernos. Vasculhou o guarda-roupa, tateando a madeira atrás das camisas, dos dois paletós, das duas jaquetas; e embaixo, abaixo dos cobertores e do edredom. Também afastou com cuidado o móvel e, subindo na cama, olhou em cima. Nada. Só o que encontrou foi, em cima do guarda-roupa, uma antiga presilha de cabelo esquecida sabe-se lá há quanto tempo por Raquel. Em seguida, a cama. Tirou e pôs no chão tudo que estava em cima da colcha, livros, cadernos, pastas; a própria colcha e o lençol. Então ergueu o colchão e tateou, procurando alguma coisa mais sólida no macio da espuma, mas nada, nada que se assemelhasse a um caderno ou agenda.

Estaria no banheiro? Improvável... No banheiro havia o vaso sanitário, a pia, o chuveiro e o armarinho fixo na parede acima da pia, onde estavam utensílios de uso diário e o espelho em que se olhava todas as manhãs. Só se estivesse escondido dentro da caixa de descarga, envolto em plástico, como viu certa vez em um filme na TV. Orientado por essa esperança, foi para o banheiro e ergueu a tampa da caixa de descarga. Viu o que se via lá, a boia acima da água, aguardando uma descarga para baixar. Mas a porra do caderno de capa de couro vermelho, ou agenda, tinha que estar em sua casa! Ou será que o pedaço de brinco não era um recado para ele...? Tinha de ser! Parado no meio do pequeno banheiro, olhava quase desolado em torno de si, procurando um azulejo branco que parecesse solto ou alguma falha no teto baixo, qualquer indício de um possível esconderijo onde coubesse uma agenda ou caderno não importa de que cor, a única esperança de salvar Tamires Helena Damasceno, a sua Raquel, indefesa nas mãos de um homem poderoso.

O rosto, que acompanhava o corpo que girava lentamente no centro do pequeno banheiro, apareceu refletido no espelho do armarinho, mostrando feições tensas como eram as suas naquele momento. Da memória, veio-lhe a lembrança do mesmo rosto de manhã, ainda sonolento, quando começava a se preparar para a aventura daquele dia. E, em seguida, a lembrança do mesmo rosto, então atento, refletido no espelho do banheiro de Tamires e o olhar para outro armário de banheiro, diferente deste mínimo que olhava agora, espaçoso, onde ela escondeu o brinco faltando o pedaço pingente encontrado no beco. O armário! Por que ela não escondeu o brinco em uma das muitas gavetas daquele amplo banheiro? Abriu o armarinho fixado na parede acima da pia e só viu o que sempre via. E se estivesse atrás? Desencaixou com cuidado o armarinho pendurado em dois ganchos parafusados na parede e, num nicho cavado na parede onde faltavam dois azulejos, viu um pequeno caderno de capa de couro vermelho. Se fosse levado pela emoção que sentia, certamente tremeria, deixando cair na pia e no chão os apetrechos de higiene e beleza que enchiam o armarinho. Mas conteve-se, e lentamente pousou com cuidado o pequeno móvel na pia, como deveria ter feito Raquel. Retirou o pequeno caderno encadernado com capa de couro vermelho e de trás dele um papel branco dobrado, que aberto não teria mais que uns doze centímetros quadrados, que ele desdobrou e leu o escrito com a caligrafia bonita de Raquel: "Boa sorte!". Ali decidiu que esse pequeno pedaço de papel seria o marcador de páginas na leitura do conteúdo daquele precioso caderno.

Agora, colocar o armarinho de volta ao seu lugar, com muito cuidado para não derrubar nada e correr o risco de acordar sua mãe que tinha sono leve. Baixou o tampo do vaso sanitário e colocou sobre ele o caderno e o bilhete de boa sorte. E sem pressa, encaixou o armarinho em seus suportes na parede. Então encheu os pulmões de ar e suspirou longamente, como faria um pedreiro que visse por fim uma parede concluída. Só então se permitiu sorrir e deixar esvair-se a fisionomia de preocupação que marcava seu rosto desde que foi para o beco pensar. E foi essa a imagem que viu refletida no espelho do armarinho recém-recolocado: um rosto sorridente e vitorioso, de quem, pela primeira vez, tomava a dianteira dos acontecimentos.

De volta ao quarto, acendeu a luz da luminária de leitura sobre a mesinha que fazia a vez da escrivaninha que não tinha e apagou a luz do quarto, como se quisesse marcar fisicamente o que seria o foco de sua atenção, e lentamente, como num ritual, virou a capa recoberta de um fino couro vermelho daquele raro caderno, preocupado em substituir a curiosidade e a ansiedade por atenção e concentração, com o mesmo cuidado com que um arqueólogo manipularia um pergaminho antigo. Mas não se ateve na leitura dos escritos na primeira página, como era lícito esperar-se, apenas mediu mentalmente o número de páginas – seriam cem, cento e vinte – atento à espessura do caderno. E notou, no que deveria ser a metade, uma sutil divisão em duas partes, como estudantes, por vezes, fazem para usar um mesmo caderno para duas matérias. De fato, Raquel (ou Tamires) havia colado na folha do meio do caderno um papel vermelho do exato tamanho da página, com o objetivo de dividir duas partes. Antecedendo a segunda parte demarcada com o papel vermelho colado, havia inúmeras folhas em branco, a indicar que havia ainda muitas folhas para serem utilizadas. E após a folha demarcatória das partes, vinham escritos diferentes do início da primeira parte, colocados em itens, como tinha observado assim que virou a capa. Os textos dessa segunda parte eram mais longos e foram todos assinalados com datas no final. Mas não os leu. Até agora apenas se ocupava do reconhecimento superficial de seu achado, sem ater-se a detalhes, como um cientista que segue os protocolos científicos de investigação.

Por fim, iniciou a leitura da primeira parte, que, semelhante à segunda, trazia no fim de cada item uma data. E, no começo de cada item, uma letra maiúscula, seguida, nas primeiras páginas, de quantias em reais, dólares ou euros e, depois dessas primeiras páginas, outras anotações de joias, além de mais dinheiro. Também notou que essas quantias eram em valores crescentes, talvez se adequando à excelência do serviço prestado. A primeira anotação datava de três anos e alguns meses atrás e a última da semana anterior ao sequestro. Mas o que seriam aquelas letras no início de cada item? Provavelmente identificação dos "colaboradores". É que essa parte dos registros financeiros tinha o título de "Colaborações", palavra grafada em letras maiúsculas. Seriam as letras iniciais de nomes? Seriam identificações aleatórias? Fixou sua atenção no primeiro item identificado com a letra F, uma "colaboração" em euros. Seria F de francês? Seguiu verificando todos os itens identificados com a letra F e encontrou em um, datado de ano e meio antes, a anotação "viagem a Paris" e, em seguida, outro item: "brincos de diamante". Sem dúvida F era o francês e foi ele que presenteou a ela os brincos que seriam a única pista do crime.

Então ficou mais fácil identificar os outros. O próximo identificado foi J, o japonês, de longe o mais generoso dos "colaboradores", com quantias sempre em dólares e apenas uma joia, um "colar de jade", especificação acompanhada da palavra "belíssimo!", entre parênteses, uma colaboração de três meses atrás. Se essa era a lógica de identificação dos "colaboradores", D seria o deputado, B, o banqueiro. Mas o que significava A, a letra que menos aparecia na lista de itens? Seria A de administrador? De amante? De adversário? De amigo? Pelo que contou o Farias, era provável que fosse "amigo", ou mesmo "amigos", já que por vezes a mulher dele comparecia aos encontros.

De tudo relatado nessa parte do caderno, resultava uma soma de valores incalculável, porque ele não tinha condição de saber o valor daquelas joias ali registradas. Mas só o que Tamires faturou em dinheiro era suficiente para considerar-se rica, muito rica, dinheiro suficiente para adquirir alguns apartamentos como o que já possuía. Que qualidades, que encantos, que artimanhas teria essa Tamires para ser uma mulher tão desejada? Que era linda ele sabia desde pivete, mas quantas outras mulheres tão bonitas como ela, ou mais, não conseguiam faturar tanto. Em que sua amada Raquel se transformou? Numa prostituta de luxo? Numa profissional da sedução? Numa psicóloga esperta, capaz de arrancar de seus clientes quantias vultosas e segredos inconfessáveis? Talvez a segunda parte do caderno de capa de couro vermelho lhe desse subsídios para respostas a essas questões.

Mas não agora. Já eram quase duas horas da madrugada e o sono fazia suas pálpebras pesarem. Amanhã teria que manter sua vida normal, como se este dia que terminava não tivesse acontecido, como se não tivesse conhecido o Farias, não tivesse visto o apartamento de Tamires, não conhecesse os segredos ocultos do seu passado, não tivesse encontrado este intrigante caderno de capa vermelha, que agora escondia também o bilhete de "boa sorte" com a caligrafia de Raquel, marcando a página inicial da segunda parte, que tinha como título "verdades", em letras maiúsculas.

Onde guardá-lo? Só havia um lugar seguro e foi para lá que o levou. Com cuidado, trancou a porta do banheiro para não acordar sua mãe; com maior cuidado ainda, removeu o armarinho, e recolocou o caderno de capa de couro vermelho em seu nicho e esconderijo. Então encaixou novamente o armarinho em seus suportes, escovou os dentes, mijou e foi dormir, sem que nenhum besouro viesse se chocar em sua janela ou atrapalhar seu sono.

11

As aulas de sexta-feira foram normais e ocuparam quase toda a manhã. Difícil acompanhá-las, manter a atenção às falas dos mestres e às perguntas dos colegas. Exigiram dele um esforço incomum, porque, além da lembrança dos acontecimentos do dia anterior, o cansaço pelas poucas horas de sono pesava em suas pálpebras que várias vezes insistiam em se fechar. Por isso, no intervalo entre as aulas, corria para o banheiro e molhava o rosto com água fria. Mas no fim da manhã, o corpo já se havia adaptado à inusitada quebra de rotina, e quando se dirigia ao refeitório para o almoço, também o cansaço era uma lembrança. Precisava estar atento, porque o dia anterior lhe deu uma importante lição de vida, a de que acontecimentos inesperados podem interferir decisivamente em sua existência e seria necessário, se voltassem a acontecer, encará-los com a maior naturalidade possível, ainda mais agora que teria de assumir a clandestinidade na vida de Raquel. Sim, assim como um opositor à ditadura, ele era um clandestino militante da vida dela.

Sobretudo o Farias solicitava dele uma atenção maior, dada a ambiguidade de seu comportamento no dia anterior. Qual era o lado verdadeiro dele? Aquele submisso ao perigoso chefe, ou o interessado em seus progressos como estudante? – o mesmo que lhe pagou o filé mignon. Intrigante esse Farias... Certamente ligaria para ele, ou apareceria inesperadamente na faculdade com seu Audi vermelho. Precisaria estar preparado para ele, aprofundar o relacionamento até descobrir suas misteriosas motivações. Se o que prevalecesse nele fosse a submissão ao chefe, não havia mistério algum e ele só estava cumprindo a missão de procurar, encontrar e entregar o caderno de capa vermelha ao chefe. Mas, se fosse apenas isso, ele não teria aquele olhar de surpresa e dúvida, quando acusou seu chefe de sequestro. Pensava essas coisas, a caminho do refeitório, concluindo que era melhor que Farias não entrasse em contato antes que terminasse de ler todo o caderno de capa de couro vermelho. Quem sabe nas anotações de Tamires houvesse alguma referência a ele. E mesmo que não houvesse, certamente haveria ao deputado, um forte e constante "colaborador" dela, o que forneceria a ele subsídios para se defender de Farias, se necessário.

Mas, antes que chegasse ao refeitório, o celular tocou. Número desconhecido, interurbano, prefixo 61. De que lugar seria? Nunca havia recebido um telefonema interurbano. Seria engano? Talvez uma voz gravada querendo lhe vender alguma coisa. Recusar ou atender? A curiosidade foi maior:

– Alô...

– Demorou a atender! Você está em aula?

– Farias? Não, não estou em aula. O que você quer?

– Falar com você, ora!

– Ficou com saudade, é?... De onde você está ligando?

– De Brasília.

– Foi puxar o saco do seu chefe?

– Não, meu chefe está em São Paulo, hoje.

– E o que você está fazendo aí?

– Coisas pessoais...

– Pessoais?

– É, eu morei um bom tempo aqui quando fazia assessoria de imprensa. Conheço muita gente por aqui...

– Mas você não me ligou para matar as saudades. O que você quer?

– Você encontrou a agenda vermelha?

– Não. Que saco, Farias! Outra vez com esse papo?

– Se não encontrou, procure que você vai encontrar. Precisamos dela. Uma dúvida: ontem você me perguntou o que eu faria se encontrasse a agenda. Agora sou eu que lhe pergunto: o que você faria?

– Quer saber? Eu entregaria pro seu chefe.

– O quê?!

– Eu trocaria a agenda pela Tamires.

– Você me surpreendeu!... Aliás, você vive me surpreendendo...

– Só tem duas maneiras de salvar a moça: ou trocando pela agenda ou descobrindo onde é o cativeiro dela.

– De onde vem essa certeza de que é o deputado o sequestrador?

– Me diga você. Você é o investigador. Uma pergunta, Farias: você disse há pouco "precisamos" encontrar a tal agenda. O que significa esse "precisamos"?

– Talvez a gente tenha mais afinidades do que você pensa...

– Ih, saco! Lá vem mistério, meias palavras, jogo escondido... Ou a gente tem afinidade ou não tem. Chega de papo furado! Você me ligou de Brasília só para perguntar o que eu faria com a porra do caderno vermelho, ou agenda, sei lá?

– Não. Liguei para marcar um encontro com você.

– Sinto muito, Farias. Eu não sou gay.

– Vai à merda, Davi! Estou falando sério. Quero comentar com você algumas coisas que eu descobri do caso e outras que eu sei de você. Almoçamos na segunda? Eu volto domingo à noite.

– Segunda nem pensar. Tenho prova e é o dia em que vou entregar meu trabalho de conclusão de curso. E também não sei se estou interessado em conversar com você...

– Está sim. Agora fui eu que coloquei um besouro na sua cabeça. Quando então...? Terça?

– Pode ser. Só espero que você não me leve pra comer cachorro-quente.

– Onde eu encontro você?

– Esquina da Augusta com Alameda Santos, pode ser?

– Que horas?

– Duas.

– Então até terça às duas horas.

De fato, Farias colocou um baita besouro na cabeça dele. O que será que Farias sabia dele? De qualquer forma, teria até terça-feira para se preparar. E que novidade teria sobre o caso? Farias teve o trabalho de ligar de Brasília. O que estaria fazendo? E que "coisas pessoais" teria por lá? Uma consideração era certa de se fazer: se ele era a única pista para Farias encontrar o caderno vermelho, Farias era a única pista para ele descobrir o cativeiro de Raquel. Seria essa a afinidade a que Farias se referiu? Mas desta vez Farias não lhe pareceu tão ameaçador. Seja lá o que soubesse dele, não deveria ser no sentido de incriminá-lo. Afinal, convidá-lo para um almoço mais parecia uma gentileza, um gesto de aproximação. Talvez estivesse buscando uma parceria; talvez fosse ele uma das poucas pessoas em quem Farias confiasse. Se não, porque ele não buscava apoio na polícia, que certamente tem investigadores muito competentes? Mas podia ser, também, que esses gestos de aproximação fossem apenas estratégias para se apoderar do caderno vermelho e ele somente estivesse sendo usado para isso. Melhor, portanto, ficar esperto, confiar desconfiando, ou seja, era a vez dele de jogar o verde para colher o maduro. Restava ainda uma situação a ser investigada, mas isso seria mais tarde na conversa com o professor Eduardo, que disse conhecer o Farias só de nome, o que não o convenceu nem um pouco. Antes, almoçar, e depois preparar-se para a entrevista.

Umas poucas dúvidas sobre incluir ou não duas citações e sobre alguns dados históricos que baseavam fundamentações e então já poderia se considerar pronto para dar a redação definitiva da conclusão de seu TCC. Mais uma vez ouviu elogios do professor e comprometeu-se a entregar o trabalho na segunda-feira, aproveitando o final de semana para a digitação final do texto com as correções aconselhadas. Só então voltou a falar sobre Farias.

– Antes do almoço, hoje, recebi um telefonema do Farias. Ele estava em Brasília e me ligou de lá, de um telefone fixo. Estou lhe contando esses detalhes, porque são indicadores do interesse dele em mim. Eu não engoli sua história de que você conhece o Farias só de nome. Preciso me preparar para encarar esse Farias, porque ele está no meu pé e quero toda informação possível sobre ele. Então me diz de verdade como é que você conhece ele e qual seu envolvimento com o caso da Tamires. O que você sabe dele que eu não sei?

– Ele telefonou pra você de Brasília? O que ele queria?

– Marcar um almoço.

– Cuidado com ele. Eu não sei direito qual é a desse cara, só sei que ele é muito esperto.

– Isso eu já sei. De onde você conhece ele?

– Está bem, vou contar. No dia seguinte ao sumiço da Tamires, tocou o interfone do meu apartamento logo depois que cheguei da faculdade, era umas sete da noite. O porteiro me disse que Henrique Farias estava lá e pedia para subir, porque queria conversar sobre "dona" Tamires. Fiquei curioso e mandei que subisse. Ele se apresentou, disse ser assessor do deputado, e queria falar comigo e com minha mulher. Tentamos desconversar, mas ele relatou vários encontros que tivemos com Tamires, data, hora, lugar... – é que ela e minha mulher costumam jantar e conversar pelo menos duas vezes por mês, às vezes mais. Elas são muito amigas. E eu vou junto, para falar sobre você, sempre um assunto de muito interesse dela. Mas o que Farias queria saber é se Tamires deixou algum objeto para nós guardarmos...

– O caderno vermelho...

– Sei lá o que ele queria. O fato é que ela não deixou nada. Ele insistiu, disse que nós éramos os únicos amigos dela, que esse objeto era importante e que nós nos complicaríamos caso não entregássemos o objeto a ele. Acho que fomos convincentes, porque ele não nos procurou mais. Mas ele sabia muita coisa sobre nós, o que fazíamos, com quem conversávamos, até quantos clientes minha mulher atende no consultório dela. Se ele está no seu pé, como você diz, é porque deve saber tudo de você. Mas que caderno é esse?

– Você não sabe?

– Não.

– Melhor assim. É isso que o Farias está procurando. Esquece. E depois ele não procurou mais vocês?

– Não. Nem ele, nem ninguém do time dele.

– Então tá. Valeu...

– Você me mantém informado sobre esse caso e sobre o Farias?

– Só se for necessário. Espero que não seja. Se eu não disser nada, é porque a treta não está chegando em você e sua mulher. E vê se fica longe desse caso. É mais seguro.

– Mas e você?

– Eu já estou nisso até o pescoço, não tem como pular fora. Mas não se preocupe, eu sei me defender. Vou nessa...

– Davi, espera um pouco. Quem sabe você me ajuda a resolver um mistério. Foi minha mulher que pediu pra lhe mostrar. O que é isto?

– Isso na sua mão é o seu celular.

– Não, eu quero lhe mostrar uma foto. Veja.

– Onde você tirou essa foto?

– No primeiro ano da faculdade, minha mulher viu isso num caderno da Tamires e ficou intrigada. A Tamires riu quando ela perguntou o que era; arrancou a folha do caderno, deu pra minha mulher e disse: "guarda, pra se lembrar de mim". Esta foto é do desenho.

– Isto é um autorretrato.

– Autorretrato?

– É um besouro, um bicho que vive na bosta.

12

– Oi, mãe! E aí...?

– Tudo bem. Você é que não parece bem, cara cansada...

– E estou cansado mesmo.

– Dormiu tarde ontem. Ficou estudando? Eu ouvi que você foi dormir tarde. Que horas eram?

– Uma e meia, duas horas, por aí... Quis adiantar o trabalho...

– Ainda bem que amanhã é sábado, você pode dormir até tarde. Estava esperando você pra jantar. Faz tempo que a gente não janta juntos. Fiz um picadinho com creme de leite que você gosta.

– Valeu, mãe. Então vamos jantar, que eu estou com fome.

Era nítida a ansiedade de Virgínia e, óbvio, ele notou. Certamente estava preocupada com as repercussões e reações do filho à conversa de ontem. Esperou que ela servisse o jantar na mesa da cozinha e nem se manifestou sobre o estranhamento de não a encontrar vendo televisão, como esperava quando chegou. E foi direto ao assunto que sabia que a preocupava.

– Mãe, sobre a conversa de ontem à noite, queria, primeiro, agradecer por me contar tudo. E, segundo, dizer que entendo por que você escondeu isso tanto tempo de mim. Não se preocupe, que continuo gostando de você do mesmo jeito, até mais, depois de saber tudo que você sofreu. Eu não julgo se o que você fez da sua vida foi certo ou foi errado. Você foi levada pelas circunstâncias e o fato é que você me deu a vida melhor que podia dar, não tenho do que me queixar. A Raquel tem razão, nós somos besouros tentando sobreviver na bosta. Mas a gente vai sair desta, pode acreditar. Hum... tá bom isto aqui, bem gostoso!

– Eu fiz no capricho. É filé mignon. Com o dinheiro que a Raquel deu, dá pra gente comer filé!

— Sobre esse dinheiro, daqui a pouco a gente conversa. Agora eu quero saber é desse galo que anda ciscando no seu quintal.

— Tá me chamando de galinha?

— É, você é uma galinha choca que cuida muito bem deste seu pintinho aqui! Falando sério: me conta desse seu galã.

— Galã... Ele não é nenhum Gianecchini, Tarcísio Meira... Tá mais pra Lima Duarte. É um homem normal, nem bonito nem feio, sozinho como eu, muito boa pessoa, que se encantou por mim sei lá por quê...

— Sem essa, mãe. Você ainda dá um bom caldo!

— De novo me chamando de galinha! Canja, você quer dizer...

— Não, mãe! Você ainda é uma mulher bonita! Eu não entendia como você ainda não tinha arranjado um homem! Mas quem é ele? Como vocês se conheceram?

— Ele é professor, professor do Ensino Médio, de Biologia. Dá aulas num colégio da Penha. É uma pessoa muito séria, que gosta do que faz. Um homem muito honesto.

— Como vocês se conheceram?

— Eu faço faxina na casa dele há um bom tempo, mais de seis anos. Quando eu comecei lá, ele era casado, foi a mulher dele que me contratou. Mas eles não viviam bem, eram muito diferentes, viviam brigando, discutindo. Pra encurtar a história, ela abandonou ele e foi viver com outro homem. Ela era uma mulher bem bonita. E eu continuei fazendo faxina pra ele, vou lá toda quinta-feira, que é o dia que ele não dá aula e aproveita pra ler e estudar.

— Ele ainda estuda?

— Ele diz que professor nunca pode parar de estudar.

— Mas como vocês se enrolaram? Foi antes ou depois da separação?

— Depois, né! Ele é um homem muito correto. Nunca que ia trair a mulher. Já ela... Pois é. Quando ela foi embora, ele ficou muito deprimido, se sentindo traído, enganado. E eu era a única pessoa com quem ele conversava essas coisas. Daí, depois da mágoa veio a raiva, depois da raiva, a indiferença, quando ele percebeu a mulher ruim que ela era. E a gente sempre conversando, eu mais ouvindo do que falando, até que ele começou a querer saber de mim, da minha vida. Pra mim também ele era a única pessoa com quem eu podia conversar sobre essas coisas...

— Ele sabe do meu pai, de mim?

— Sabe. Tudo que eu contei ontem pra você ele sabe, até do pastor, até da Raquel. Ele disse que tinha até vergonha do sofrimento dele perto do que eu sofri. Ficou com muito dó de mim, mas me admirava pelo esforço de dedicar minha vida a você. Quando saiu aquele seu texto na revista, que puseram também na internet, ele ficou feliz e orgulhoso, como se você fosse filho dele, você tinha que ver. Então a gente foi criando uma relação de amizade, meio de cumplicidade, até o dia em que ele me falou que eu era a mulher com quem ele devia ter se casado.

— Bem xavequeiro esse seu galã...

— Não era xaveco. Mas eu disse que eu era uma ignorante, sem estudos, que ele devia procurar uma mulher do nível dele.

— Que besteira isso, mãe!

— Foi o que ele falou. Ele disse que a ex-mulher tinha nível universitário e olha a porcaria de mulher que ela era. Daí, sempre com muito respeito, ele foi se aproximando, nada de físico, nem beijinho no rosto. E um dia ele me disse que não via a hora de chegar quinta-feira pra me ver e eu respondi que eu também esperava esse dia.

— Daí rolou...

— É, daí rolou e rolou pra valer. E continua até hoje. Pra você ter uma ideia, eu chego lá e a maior parte da faxina já está feita, pra que a gente tenha mais tempo juntos. E ele me trata de um jeito como nenhum homem me tratou, carinhoso, cavalheiro, respeitoso. Ele me diz que nunca foi tão feliz na vida dele. E eu também. Matou a curiosidade?

— Poderosa dona Virgínia! Eu quero conhecer esse homem, mãe.

— Ele também quer conhecer você. Sempre me pergunta de você. Por ele, ele já tinha vindo aqui conversar com você, eu é que não deixei.

— Depois que acabar esse problema com a Raquel, a gente pode se conhecer, tá bom?

— Raquel, Raquel... Ela já deve estar morta, filho. Esquece ela...

— Não esqueço não. Mas tem outra coisa que quero conversar com você. Mãe, me dá mais um pouco de picadinho. Tem?

— Tem. Com mais arroz?

— Também... Agora quero saber o que você pretende fazer com o dinheiro que a Raquel lhe deu...

— Esse dinheiro é uma reserva. Como a Raquel não vai mais me ajudar, vou usando um pouco de cada vez, todo mês. Isso de filé mignon não vai ser todo dia não!

– Mas assim você perde parte do dinheiro para a inflação.

– Você acha que devo pôr na poupança?

– Poupança é complicado. Você teria que declarar, e sai da faixa de isenção do Imposto de Renda. E como vai declarar? Dizer que achou, ou foi a Raquel que deu?

– É, melhor não...

– Pensei que você podia comprar dólares.

– Dólar?

– O dólar sobe acima da inflação e você teria algum lucro.

– E não precisa declarar?

– Não, se você comprar no câmbio negro.

– Mas isso não é crime?

– É, é lavagem de dinheiro.

– Você está querendo que eu cometa um crime?

– Não, não! Eu pediria para o Valcir quebrar esse galho pra mim. Ele manja dessas tretas. Você nem apareceria.

– Eu não quero me meter com traficante de drogas, muito menos dever favor a ele. E não quero você também metido nisso. Prefiro perder para a inflação. Você nem precisa me explicar o que é essa inflação, eu vejo o que é toda vez que vou ao supermercado ou à feira. Tudo é motivo para subir o preço das coisas: uma vez é porque não choveu, outra é porque choveu demais, outra é porque subiu a gasolina, outra é porque é entressafra e assim vai, os preços só aumentam. Baixar, nunca, e eles ganham sempre mais e a gente que paga. Mas prefiro perder dinheiro assim, do que cometer um crime.

– Está bem, então. Mas não comenta com ninguém que você tem esse dinheiro.

— Com o Maurício eu vou comentar sim.

— Maurício? Quem é o Maurício? Ah, é o professor...

— É ele mesmo. Eu e ele não temos segredos, eu sei quanto ele ganha e ele sabe quanto eu ganho...

— E ele não te oferece dinheiro?

— Ofereceu uma vez e eu disse que se ele fizesse isso de novo, eu sumiria da vida dele. Ele só me paga o que é meu por direito, que é o que eu cobro pela faxina. E foi nesse dia que ele pediu pra casar comigo a primeira vez, porque assim eu teria direito ao dinheiro dele.

— Parece que ele gosta mesmo de você...

— Gosta sim.

— Vai ser bom conhecer esse seu Maurício. Ele é biólogo e vai poder me dar uma aula sobre coleópteros.

— Cole o quê?

— É o nome científico do besouro, mãe.

13

Depois que sua mãe foi dormir, ele se sentiu à vontade para retomar a leitura do caderno de capa de couro vermelho. Já estava se tornando um ritual retirar o armarinho e depois recolocá-lo no lugar. Sua mãe tinha uma fisionomia mais aliviada quando se recolheu ao quarto, certamente porque, não só com o professor de Biologia, mas também com ele não tinha mais segredos. Porém ele e Raquel sim tinham segredos, agora compartilhados em letras bem desenhadas em páginas do oculto caderno que ele retomava a leitura.

Inacreditável o que lia, segredos inconfessáveis arrancados sabe-se lá como por Raquel, ou Tamires, de seus "colaboradores". Conferiu as datas e viu que quase sempre coincidiam com "colaborações" mais significativas em valores. Mas antes dessas análises assim precisas, deu uma lida geral nas anotações e só agora procurava aprofundar suas conclusões. Sem dúvida havia certo método nesses registros, certo rigor. O que ela pretendia com aquelas anotações? Fundamentar uma futura tese de doutorado? Cercar-se de garantias contra aqueles homens poderosos? Seria ela uma informante da polícia, possivelmente da Polícia Federal? Qual o verdadeiro motivo daquele caderno? E por que as anotações, tanto da contabilidade, quanto das "verdades", começaram naquela data e não antes? Nenhuma resposta a essas perguntas, a não ser meras conjecturas que não iam além de suposições subjetivas. Mas se as motivações eram obscuras, os fatos ali narrados eram de contundente clareza. Havia algumas situações de certa beleza ou simpatia, como as impressões sobre Paris sintetizadas em doze linhas, ou um jantar com o casal amigo, em que ajudou a resolver um problema de relacionamento. Ali, mais parecia a psicóloga ou a amiga íntima. Aliás, quase todas as referências a esse casal, ou só ao empresário, eram simpáticas, o que na maioria das vezes não acontecia com os outros "colaboradores".

Decidiu concentrar-se no deputado e em Farias, que começou a ser citado pouco menos de três meses antes da última anotação. Mas o banqueiro e o japonês também teriam razões para quererem pôr as mãos naquele caderno. E de certa forma também o francês, pelas propinas recebidas para facilitar a instalação da indústria que representava e pelas propinas que entregou, a mando de seus superiores, para que fossem aprovadas isenções de impostos. Como Tamires ficou sabendo disso, só ela poderia dizer. Só que, comparado com os outros, o francês parecia um amador.

As referências a Farias eram relacionadas à descoberta de estar sendo espionada por ele e era interessante como ela descobriu. Tempos atrás o deputado lhe contou que havia presenteado seu assessor com um Audi vermelho, pela eficiência com que gerenciou seu escritório político e a campanha que o reelegeu deputado federal. E contou isso aos riscos, já que o presente saiu de graça para ele, porque foi comprado com uma pequena parcela das sobras de campanha, mas era de grande valor para ele, por comprar a fidelidade de seu auxiliar. Farias a espionava de dentro de seu Audi, que estacionava próximo ao seu apartamento. Mas ela não via perigo em Farias e sim em seu chefe que teria mandado espioná-la, talvez interessado em saber quem mais ela recebia, além dele, ou talvez interessado em quem mais estaria no seu caderno vermelho, que ela cometeu a imprudência de deixá-lo ver.

Ela achava que tinha convencido o deputado de que as anotações no caderno eram mera contabilidade, que ela reservava o direito de manter sob sigilo, assim como ele deveria fazer com sua contabilidade, ou seja, o que estava no caderno interessava a ela e a mais ninguém. Se outros, além do deputado, sabiam desse caderno, ela não tinha conhecimento, mas acreditava que não.

De fato, o deputado tinha razão de querer aquele caderno,

pois lá estavam descritas "verdades" muito comprometedoras, das quais talvez a mais simplesinha fosse o caixa 2 de campanha. E havia a manipulação de prefeitos, governadores, ministros e até presidente, os votos vendidos caro na câmara, o controle de comissões, as propinas recebidas de grupos empresariais, de bancos, de multinacionais, os favores feitos e recebidos que resultavam em lucros que se contariam em bilhões, enfim, toda a podridão que sustenta a política nacional. Como Raquel ficava sabendo dessas coisas? A resposta a essa pergunta Davi encontrou no próprio caderno de capa de couro vermelho, após uma "confissão" do banqueiro: "os homens gostam de contar vantagem e de mostrar como eles são poderosos. Basta inflar um pouco mais o ego deles já inflado, para que falem de suas bravatas e de como se julgam mais espertos que os outros. Para isso, basta eu fingir que eles são bons na cama e que ninguém me dá mais prazer que eles. Babacas!".

Também as "colaborações" tinham a mesma lógica de poder. Coisas de valor custam caro. Quanto mais caro o produto, melhor é a qualidade. Assim com Tamires: cobrar caro significava permitir o acesso a um produto valioso, ela, um bem quase exclusivo a que poucos tinham acesso. E todos eles desejavam seu uso exclusivo, não apenas o francês, que até se propunha a casar-se com ela para ter essa exclusividade. Aos poucos, Davi ia formando um perfil mais claro dessa Tamires, uma manipuladora de egos com consciência da pobreza de caráter desses homens que jogavam com eficiência o jogo do poder que rege o destino da humanidade, o jogo do "farinha pouca, meu pirão primeiro", do "quero o meu, o resto que se foda", o jogo que condena à pobreza extrema parcela significativa das gentes do mundo, o jogo dos interesses individuais acima de tudo. Mas ela anotava essas falcatruas com que esses homens procuravam mostrar a ela o quanto eles eram bons em jogar esse jogo. Por quê? Sem dúvida Raquel ainda sobrevivia a Tamires. A Tamires rica, de muitas posses amealhadas em troca de favores sexuais não havia soterrado a Raquel que se manifestava no auxílio a ele e a sua mãe, na amizade com Eduardo e sua esposa, nas anotações minuciosas no caderno de capa de couro vermelho.

Também ela jogava um jogo perigoso, que, aliás, estava prestes a perder, se ele não conseguisse ser o elemento surpresa que ela havia guardado bem escondido ao ocultar o livro vermelho atrás do armarinho do banheiro. Ela apostou tudo nele: apostou sua vida. Dele, ela não escondeu nada, abrindo com o caderno de capa de couro vermelho o livro de sua vida, o destino que acabou tendo a menina estuprada aos onze anos, expulsa de casa por seu pai pastor hipócrita. Agora era ele, Davi, o menino pobre da periferia, preservado por sua mãe e por Raquel das mazelas terríveis que marcaram suas existências, agora era ele, Davi, a dar os lances finais desse jogo sórdido em que, na verdade, sempre esteve inserido, só agora percebia.

Teria ainda as noites de sábado, de domingo e da segunda para estudar mais as anotações de Tamires e preparar-se melhor para seu lance seguinte no jogo, que seria o almoço com Farias, um lance decisivo em que saberia – teria que saber! – até onde o Farias tinha conhecimento de seu envolvimento no jogo e até onde – teria que saber! – ia o envolvimento de Farias com o caso. Antes, no dia seguinte e domingo, terminaria seu trabalho de conclusão de curso, para entregá-lo na segunda. Isso durante o dia. À noite se dedicaria a Raquel, depois que a mãe fosse dormir. Não poderia perder o foco de seus estudos, ainda que Raquel fosse uma questão urgente. Afinal estava próximo de atingir seu mais importante objetivo de vida que era formar-se e seguir seu rumo até o doutorado. Agora, antes de dormir, precisava elaborar melhor as informações sobre Farias e seu chefe.

Em silêncio, guardou o caderno de capa de couro vermelho em seu escondido nicho, abriu a porta da sala e foi ao beco, sentar-se no lugar onde seus pensamentos se organizam melhor. Teria, afastando todas as dúvidas, que saber qual era a do Farias! Cada vez mais lhe parecia impossível que ele fosse submisso àquele homem tão escroto. Mas melhor ficar esperto... Pensava essas coisas, quando um besouro sobrevoou sua cabeça. Mas dessa vez não pousou em sua perna direita.

14

No fim de semana, nas noites, aprofundou a leitura do caderno de capa de couro vermelho e agora o preocupava uma das últimas anotações que se referia a Farias.

Ela havia percebido que, além do Farias, dois outros homens a vigiavam, nem tão de perto como Farias, mas desconfiou de um carro que a seguia toda vez que saía com o seu, para ir ao banco, à farmácia ou a um shopping. E, para confirmar, foi a um supermercado e viu que um deles desceu do carro e ficou a observá-la discretamente de longe. Quem seriam eles? – perguntava-se. Para quem trabalhavam? Intuiu que poderiam estar atrás do caderno de capa de couro vermelho, que era possível que seus outros "colaboradores" soubessem da existência do caderno, ou porque viram quando ela abriu o cofre para guardar um presente, ou porque o deputado comentou com eles, já que então, com os relatos do Farias, deveria saber de todos. E estava tentada a se arriscar e falar com Farias sobre esses homens de ternos escuros, com jeito de policiais, acreditando que não seriam homens do deputado, porque Farias já cumpria a missão de vigiá-la. Por via das dúvidas, esconderia o caderno de capa vermelha num lugar seguro.

Ela, portanto, não só sabia da presença do Farias, mas também dos que seriam seus sequestradores, só não atinando que o próprio deputado teria contratado esses homens – como Davi tinha certeza. Mas será que Tamires chegou a se comunicar com Farias? Isso ele teria que esclarecer no almoço de terça. E por que ela pensou em falar com o Farias e não com o próprio deputado? Por que confiava nele? Por que já o conhecia? Sem dúvida a chave de desvendamento desse caso era Farias, disso agora estava convicto e, por isso, o almoço da terça era decisivo. Se ela ainda estivesse viva, quanto mais rápido fosse o resultado dessa equação intrincada, maiores as chances de resgatá-la.

Mas não só Raquel (ou Tamires) ocupou seu pensamento nesse fim de semana. Concluiu e deu a redação final ao TCC e ainda sobrou tempo para desenvolver um plano do que seria sua futura dissertação de mestrado, indicando algumas pesquisas a serem feitas e entrevistas que dariam a base para sua argumentação. Na segunda-feira, mostraria para Eduardo, já o considerando seu orientador, como ele havia prometido. Também pediria conselhos sobre os cursos que pretendia frequentar na pós-graduação. Ou seja, nem só o destino de Raquel o preocupava; o seu também. Mais uns poucos dias, algumas provas e entrega de trabalhos, e viriam as férias, merecidas férias por um ano muito produtivo na sua formação. Se seriam boas férias, dependia muito do desfecho da conversa com Farias na terça-feira, se tirasse dessa conversa o rumo para encontrar Raquel.

Na segunda-feira, depois da prova em que se saiu bem e do almoço, procurou o professor Eduardo para entregar o trabalho concluído no fim de semana. Trabalho entregue, ouvidos os elogios e a antecipação de que receberia a nota máxima, esperou que Eduardo voltasse a falar sobre Raquel, ou, mais propriamente, Tamires, o que de fato aconteceu.

– Alguma novidade sobre a Tamires?

– Não, nenhuma. Amanhã talvez tenha no almoço com o Farias.

– Me dá arrepios só de pensar em você almoçando com esse cara...

– Você já sabia desse cara antes de ele ir à sua casa, não sabia?

– Só de ouvir falar...

– E quem falou foi a Tamires, não foi?

– Porra, Davi! De onde você tira essas conclusões todas! Já estou começando a achar que quem tem de tomar cuidado é o Farias, não você! Você parece um policial! Tá bom, ela falou sim, falou que ele ficava de campana em frente ao prédio dela, quase todos os dias, que ele trabalhava para um cliente dela, mas que ele era um cara inteligente e não representava perigo. Perigoso é o chefe dele.

– E ela não falou dos caras que a sequestraram?
– Não, não falou nada não...
– Não falou mesmo, ou mais uma vez você está me sonegando informações?
– Não falou mesmo. Por que, você tem informação sobre eles?
– Só o que os jornais disseram, que eram dois. Mas suponho que eles também devem ter ficado vigiando...
– Você se sente preparado para o encontro com o Farias?
– Acho que sim. Amanhã descubro se ele está ou não envolvido nesse sequestro.
– Você acredita que ela está viva?
– Tenho certeza, pelo menos por enquanto...
– De onde vem essa certeza?
– Eles ainda não acharam o que estavam procurando quando a sequestraram. Se o Farias ainda está no meu pé, é porque não acharam. Só duas pessoas sabem onde está: a própria Tamires e a pessoa para quem ela entregou o objeto. O Farias já descartou você e sua mulher. Acho que ele pensa que sou eu, não sei de onde ele tirou essa ideia. Isso é que eu quero descobrir amanhã.
– E não está com você?
– Claro que não! Mas que seria interessante saber o que é, isso seria. Deve ser coisa que compromete o patrão dele e sabe-se lá quem mais tenha coisas a esconder. Já pensou o poder que essa pessoa teria? Teria os caras na mão... Então, enquanto não acharem essa pessoa e o objeto, eles não vão apagar a Tamires, a não ser que ela fale, o que ela não vai fazer, porque, se falar, morre. Ela não vai falar nem sob tortura...

— Será que ela está sendo torturada?

— Tomara que não. Mas esses caras são barra pesada...

— Prometa que você não vai se envolver com esses caras!

— Você está parecendo minha mãe... O que eu prometo a você é que vou me dedicar ao máximo na dissertação de mestrado, se você me ajudar.

— É gente muito perigosa, Davi. Não estrague seu futuro.

— Eu não pedi pra entrar nesse rolo. Mas me puseram e agora não tem como pular fora. E como se diz lá no meu pedaço, eu dou um boi pra não entrar numa briga, mas dou uma boiada pra não sair dela. Gente da periferia, como eu, tem que dar uma boiada por dia, se quiser sobreviver. Não se preocupe comigo, Eduardo. Preocupe-se com sua mulher e consigo mesmo. Fique você fora disso. Pra mim não tem mais jeito, eu vou até o fim, seja lá o que for. Mas fique tranquilo. Gente como eu é besouro, está acostumada a chafurdar na bosta.

15

À noite, aproveitou para reler as anotações de Tamires (ou Raquel) sobre D, mais por uma questão de tentar entender com precisão a personalidade mafiosa e sociopática do deputado, para que pudesse entender melhor a relação de Farias com ele. Com certeza Farias não era ingênuo e deveria saber sobre os crimes de seu patrão. Seria um cúmplice? Aparentemente sim, embora a simpatia com que o tratava mostrasse que não. Também Raquel (ou Tamires) parecia sentir certa confiança em Farias, não vendo perigo nele. Mas ele poderia ser um grande dissimulado que tentava estabelecer uma relação de empatia só para chegar ao caderno de capa de couro vermelho e depois entregá-lo ao seu chefe. Precisava estar preparado para essa possibilidade e por isso, em hipótese alguma, revelaria estar de posse do desejado objeto. Também precisaria ser muito cuidadoso para não deixar escapar nenhum indício de que conhecia o conteúdo do caderno de capa de couro vermelho e concentrar-se no objetivo de fazer o Farias se revelar, não só sobre o que sabia sobre ele, mas sobre a profundidade de suas relações com o deputado.

Depois de reler as anotações, procurou na internet informações sobre o deputado e, além do site oficial e de sua atuação no Congresso, encontrou uma notícia de investigação de prática de caixa 2 nas eleições, junto com outros políticos de seu partido. Que importância teria para a Polícia Federal as anotações de Tamires! Ali estavam até as quantias registradas desse ilícito. E esse crime era nada, comparado aos outros cometidos pelo deputado. Como ele poderia ser tão idiota a ponto de se abrir esse tanto com uma concubina? Mas o que interessava dessa pesquisa na internet era que certamente Farias sabia ao menos do caixa 2, até porque era ele o administrador do escritório do deputado. Esse era um sério indício de comprometimento e de cumplicidade... Mas tudo isso eram conjecturas. As verdades só Farias podia dizer e, por isso, antes da meia-noite, decidiu relaxar e dormir, para que estivesse bem descansado no encontro gastronômico do dia seguinte. Onde será que Farias o levaria para almoçar?

Poucas atividades na manhã de terça-feira na faculdade. Apenas uma aula de encerramento de curso, o comentário sobre os resultados de uma prova e a devolução de um trabalho avaliado, atividades típicas de um ano letivo que terminava. Por volta do meio-dia, já estava livre de obrigações de estudante e decidiu ir para o local do encontro; assim poderia passar um pouco e olhar os livros numa livraria que havia por lá. Mas dez para as duas já estava a postos, na esquina marcada, à espera do Audi vermelho que chegou pontualmente às duas horas.

– Não sei você, mas eu estou com fome. Aonde você vai me levar para comer?

– Tem um restaurante de comida brasileira muito bom aqui perto. Pode ser?

– Espero que seja melhor que o prato feito dos botecos do meu bairro...

– Vamos lá. Você vai gostar. O dono do restaurante é um dos chefs mais badalados do país.

Gostou. E gostou muito da comida. Durante o almoço, Farias propôs não falarem sobre Tamires e nem assuntos correlatos. Só depois do almoço, da sobremesa e do cafezinho conversariam com calma sobre o verdadeiro motivo daquele encontro. Davi gostou da proposta, porque no papo descontraído poderia investigar melhor o caráter de Farias e talvez ter indícios de suas verdadeiras motivações. De fato, após responder várias perguntas sobre suas atividades universitárias, sem que Farias se detivesse em comentários sobre Eduardo e sua esposa, viu uma chance para ser ele a questionar:

– Não sei se vou ser muito invasivo. Se eu for, não precisa responder. Você disse, no telefonema, que foi a Brasília para "coisas pessoais". O que você foi fazer lá? Posso saber?

– Pode. Fui passar o fim de semana com minha namorada.

– Namorada ou namorado?

– Vá à merda, Davi! Namorada. De tudo que você conjecturou sobre mim, você só errou numa coisa: não sou nem nunca fui apaixonado por Tamires e muito menos fiquei cheirando as calcinhas dela. Sou apaixonado por minha namorada. Não vai querer saber também o que eu fiquei fazendo com minha namorada, vai?

– Me poupe, Farias... E seu patrão liberou você assim numa boa?

– Essa viagem já estava marcada há algum tempo e ele sabia.

– Sua namorada faz o quê? É assessora como você?

– Não, ela é jornalista.

– É coisa séria ou é só pegação?

– É sério. Quando tudo isso acabar, eu vou me casar com ela.

– Tudo isso o quê?

– Muito bem. Vamos começar a conversar sobre a Tamires?

– Pode ser. Paga a conta.

– Vamos lá para o apartamento dela.

– Outra vez? Você quer que eu vasculhe de novo aquela bagunça?

– Não tem mais bagunça. Segui o seu conselho e mandei a empregada arrumar tudo. Lá é um lugar tranquilo e confortável para a gente conversar com calma, porque chegou a hora de abrir esse jogo.

– Opa! Será que finalmente o misterioso Farias vai se revelar?

– E será que o ensaboado Davi vai me dizer alguma coisa sobre o que sabe de Tamires?

No caminho para o apartamento, dois homens sérios permaneciam quase calados, apenas se manifestando em breves comentários ou perguntas irrelevantes, como: "Brasília é uma cidade bonita?". Ou: "quando você entra em férias?". Farias estacionou o carro na garagem do prédio, indicando a familiaridade com o lugar. Também no elevador permaneceram calados, até entrarem no apartamento que provocou a fala surpresa de Davi:

– Porra! Que lugar maneiro! Assim arrumado é outra coisa!

Sentaram-se em confortáveis poltronas de design moderno, revestidas em couro cor café, um de frente para o outro.

– Aqui estamos, Davi. Vou me abrir para você e espero que você faça o mesmo. Outro dia você me disse que eu iria investigar o sujeito do banco, mas ficaria de olho no meu chefe. Pois foi exatamente o que eu fiz. Confiei na sua intuição. Quando disse ao meu chefe que andava vasculhando informações sobre o diretor do banco, para chegar na Tamires, levei uma bronca do homem, dizendo que a Tamires não interessava, que eu focasse na agenda vermelha, que da Tamires cuidava ele. Perguntei se ele tinha posto a polícia no caso e levei outra bronca, porque ele tinha tido um trabalho danado para afastar a polícia e que se ela estava viva ou morta não me interessava. Então, para acalmar o homem e não perder a confiança dele, eu disse que tinha uma pista quente, que eu consegui com uns amigos dela, que me levava para a Zona Leste; que ele não se preocupasse que em poucos dias eu teria informações mais concretas. Ele quis saber que pistas eram essas e eu disse que a Tamires foi vista conversando com um homem lá no seu bairro.

– Isso é uma informação ou você inventou?

– Eu inventei, porque eu tive certeza de que foi ele que sequestrou a Tamires, quando ele disse que a Tamires não foi sequestrada perto do apartamento dela, mas naquele bairro, o seu, e por dois homens e só depois foi levada para o apartamento. Mas isso não me interessava, que eu estava na pista certa para encontrar a agenda dela. Como ele poderia saber isso? Então eu perguntei por que ele não colocava mais alguns homens para me ajudar. Ele disse que só confiava em mim para pôr as mãos naquela agenda.

– Deve ter coisas muito comprometedoras naquele caderno de capa vermelha, não é, Farias?

– Caderno?

– Caderno ou agenda, sei lá...

– Outro dia perguntei a você se encontrasse a agenda o que faria com ela. Você disse que trocaria pela Tamires. E se a gente resgatasse a Tamires, o que você faria com a agenda?

– Eu daria para ela. É dela. Ela que fizesse o que bem entendesse.

– Bom, agora é sua vez de se abrir. Como você conhece a Tamires?

– Já disse que não conheço nenhuma Tamires.

– Conhece sim! Eu sei que ela lhe deu livros de presente, que acompanha você desde o início da faculdade, como não conhece?

– O Eduardo contou isso pra você, não é?

– É.

– Então ele contou também que eu não sabia nada disso, que

eu só soube disso outro dia, porque desconfiei do interesse dele pelo caso e armei para ele me contar. Eu sei lá por que ela se interessa por mim...

– Saco, Davi, você é foda! Ô cara liso! Ninguém fica dando presente pra uma pessoa sem mais nem menos! Para de se defender! Se eu quisesse ferrar você, eu já tinha feito isso. Confia em mim!

– Aí é que está, Farias. Eu não confio em você. Você é um cara que comanda o escritório político de um canalha que pode ser condenado por ter caixa 2 na campanha, coisa que, claro, você sabe, ou vai me dizer que não sabe... Você é cúmplice desse filho da puta, como eu posso confiar em você?

– Como você sabe desse caixa 2?

– Tá na internet, é só olhar. E do resto, você também é cúmplice?

– Que resto?

– Um cara como ele, caixa 2 é gorjeta, você sabe melhor que eu.

– O que você sabe?

– Não sei, me diga você. Você é que é cupincha do cara. Aposto que o carrão que você dirige foi presente dele, não foi?

– A Tamires lhe contou isso?

– Eu nunca conversei com a Tamires, é você que está me dizendo agora.

– Tá certo. Ele me deu mesmo o carro. Mas eu não sou cúmplice das cagadas que ele faz. Eu condeno tanto quanto você e quero que você me ajude.

– Eu? Por que eu? Procura a Polícia Federal!

– Você sim. Porque a Tamires me pediu para procurar você. E a Polícia Federal já está no caso.

– Como é que é? A Tamires pediu pra você me procurar? Então você sabe onde ela está, seu filho da puta!

– Não, não sei.

– Saquei! Você está inventando uma história pra me enrolar...

– Não estou não e posso provar.

– Acho que eu preciso de um copo de água. Aquela maravilhosa costelinha de porco do almoço me deu sede.

– Está bem, vamos pra cozinha.

Mais que água, ele precisava de um tempo para elaborar essa informação. Raquel havia pedido para que o procurasse? Como? E que prova Farias tinha? Mas o tempo de beber o copo de água gelada não foi suficiente para que não se sentisse desarmado, não se sentisse pego por Farias. Precisava de mais tempo.

– Onde está o cofre da Tamires? Gostaria de dar uma olhada...

– Pra quê? Não tem nada lá.

– Curiosidade...

Foram para uma sala com poltronas confortáveis onde havia uma TV enorme, um home theater.

– Minha mãe ia amar assistir às novelas dela nessa TV. E aquela cozinha... Nossa, minha mãe ia adorar cozinhar ali!

– Sua mãe cozinha bem?

– Só o trivial, mas cozinha bem sim. Onde está o cofre?

– Atrás daquele quadro.

– Clássico isso: o cofre escondido atrás de um quadro. Boni-

to quadro. É um Volpi?
– É. As bandeirinhas típicas dele...
– O cofre está aberto?
– Está. Pode olhar.
– Tem uma coisa ali no cantinho direito...
– Ah é... Foi a única coisa que sobrou. Ainda está no mesmo lugar onde foi encontrado. É um pequeno broche, que os caras não viram ou deixaram aí, por acharem que não tinha muito valor, apesar de ter dois pequenos rubis encrustados. Acho que eles acharam feio e largaram aí...
– Posso ver?
– Pode. Que bicho é esse, você sabe?
– É um besouro, o besouro mais bonito que eu já vi...

16

Voltaram para a sala e sentaram-se nas mesmas poltronas de antes, mas Davi ainda não se havia refeito do impacto da revelação de Farias de que Raquel (ou Tamires) tinha lhe pedido para procurá-lo. Já havia absorvido, sem muita dificuldade, o fato de Eduardo ter contado sobre os livros, mas agora Farias falava de prova. Que prova? Será que Raquel estava envolvida com o Farias? Isso saberia logo, porque Farias não era de recuar.

– Pronto, Davi. Já teve um tempo para pensar. Agora você vai me dizer por que a Tamires me pediu para procurar você.

– Isso é grupo seu. Não acredito que ela lhe pediu isso.

Farias tirou do bolso interno do paletó cinza um papel dobrado que entregou para Davi.

– Toma. Leia isso aqui.

– O que é isso?

– É uma carta, leia.

Desdobrou cuidadosamente a folha de caderno dobrada, ao mesmo tempo curioso e defensivo com o possível conteúdo da carta. Sem dúvida, a caligrafia era de Raquel, mas não podia mostrar que sabia disso.

– Por que você quer que eu leia uma carta endereçada a você?

– Porque foi escrita pela Tamires.

– Foi escrita por ela, ou você forjou a carta?

– Lê logo, caralho! Se não acreditar, eu pego um caderno dela e você compara a letra.

Leu:

"Farias

Eu sei que você anda me vigiando faz tempo, com certeza a mando do seu patrão. Mas, além de você, tem uns homens me seguindo, que ficam num Toyota preto, e deles eu tenho medo. Sei que estou me arriscando contando isso para você, porque podem ser homens seus, mas confio que não são. Então pede para seu patrão me proteger, que ele pode. Se acontecer alguma coisa comigo, alguma coisa que você não possa evitar, peço-lhe que procure Davi Elias da Silva. Ele pode ajudar você a me encontrar, se eu sobreviver. Seria um grande favor que você faria para mim e desde já eu agradeço. Acho que sei o que esses homens querem, mas não darei a eles. Muito obrigada.

Tamires"

Foi impossível conter a emoção na leitura da carta. Ainda tentou disfarçar, mas só o que conseguiu foi dobrar novamente a folha de caderno e devolvê-la a Farias, sem dizer nada.

— E agora, Davi. Vai me ajudar ou não?
— Eu já ajudei. Disse pra você quem sequestrou.
— Ela se referia à agenda vermelha, não é?
— Não é agenda. É um caderno.
— Onde está?
— Está no lugar onde ela deixou, muito bem guardado.
— E você não vai me entregar...
— Entrego, se você me entregar a Tamires.
— Tem certeza de que está bem guardado?
— Tenho. Só espero que você não ponha uns caras daqueles que sequestraram a Tamires na minha cola...
— Você ainda não confia em mim. Mas agora eu confio em você e preciso da sua ajuda. Guarda bem o caderno. Quer saber como ela me mandou essa carta?
— Quero.
— Eu estava na minha vigília, no meu carro estacionado quase em frente ao prédio. Um dos porteiros que eu tinha comprado, o do dia, vinha sempre me avisar quem tinha subido ao apartamento dela.
— Você comprou os porteiros?
— Comprei, orientado pelo deputado, porque os clientes dela sempre entravam pela garagem.
— Mas pode entrar assim?
— Ela dava a ordem e a portaria deixava entrar. Com o deputado também era assim. Ele ligava para ela, marcava a hora, en-

trava e estacionava numa das vagas dela – cada apartamento tem direito a três vagas neste prédio. O que eu fazia lá era registrar quem ia ao apartamento dela, que hora entrava e que hora saía, só isso. Meu chefe queria saber quem eram os clientes dela. Os carros sempre com vidros escuros e eu só sabia pelas câmeras de segurança da garagem e pela informação dos porteiros. Uma tarde, eu estava lá, veio a empregada dela até meu carro, bateu no vidro e me entregou esta carta.

– Você mostrou essa carta para o seu chefe?

– Não, né! Seria passar um atestado de incompetência.

– E você não viu os caras que vigiavam?

– Não. Diferente de mim, esses caras são profissionais. Eles sim, certamente, sabiam de mim.

– E eles não viram a empregada entregando a carta?

– Acho que não. Foi uma coisa muito rápida.

– Isso foi quantos dias antes do sequestro?

– Um dia. No dia seguinte, ela sumiu. Quando cheguei lá, para mais uma vigia, o porteiro veio me avisar que o apartamento dela tinha sido assaltado e ela foi levada por dois homens.

– Até que horas você ficou de campana no dia em que recebeu a carta?

– Até umas quatro, quatro e pouco. Eu tinha uns problemas para resolver no escritório e saí mais cedo.

– Então foi nessa tarde que ela foi sequestrada, porque a empregada só viu no dia seguinte.

– É verdade...

– E qual foi a reação do seu chefe?

– Quando liguei para ele, ele já sabia. Ele estava em Brasília.

Ele disse que já estava providenciando para afastar os "filhos da puta da imprensa" – nas palavras dele – e que eu procurasse o Secretário de Segurança. E que daí em diante qualquer informação sobre o caso seria reportada a mim e somente a mim e que eu não passasse informação a ninguém. Mandou que eu fosse ao apartamento e procurasse o tal caderno vermelho, em tudo quanto é canto e que, se eu achasse, não mostrasse para ninguém, nem pra mim mesmo. O resto você já sabe.

– Mas não sei tudo. Você me disse que, se achasse o caderno, você entregaria ao seu chefe. E agora está insinuando que quer encontrar a Tamires, que seu chefe sequestrou. Mas não está apaixonado por ela. Essa história não está combinando...

– Não está mesmo, porque tem uma coisa errada aí. Eu jamais entregaria o caderno pro meu chefe. Eu menti quando disse isso, porque queria ver sua reação, perceber até que ponto você estava envolvido com ela. Afinal, eu não conhecia você... Mas reconheço que foi um erro não confiar em você como a Tamires confia.

– Tem outra coisa que não bate, Farias. Com todo seu interesse pelo caso, com toda a pressão que seu chefe deve estar fazendo sobre você, você larga o caso e vai pra Brasília namorar. Eu, no seu lugar, tendo a informação que você tem da carta, não largava do meu pé nenhum minuto...

– Impressionante como você é observador, Davi!

– E você se dá ao trabalho de ligar de Brasília para me convocar... O que você foi fazer lá?

– De fato fui namorar também, isso é verdade. Mas não só. E já que estamos jogando aberto, vamos abrir de vez. Só que depois, em troca, você vai me contar qual é a sua ligação com a Tamires...

– Vai, conta aí, Farias. O que tem lá em Brasília, além da sua namorada.

– Minha namorada tem muito a ver com este caso, não diretamente, mas, se não fosse ela, acho que eu entregaria mesmo o caderno vermelho para aquele pulha do meu patrão. Eu conheci a Vânia quando eu ainda era só assessor do deputado em Brasília. Quer saber como eu me tornei assessor?

– Quero.

– Eu trabalhava como repórter no Estadão e fui escalado para entrevistar o deputado sobre um projeto que rolava na Câmara, na época. Só fiz o meu trabalho, mas o homem gostou das perguntas, disse que eu ia direto ao ponto, sem querer que ele falasse o que eu queria ouvir, como alguns jornalistas fazem. Terminada a entrevista, ele me perguntou se eu queria trabalhar para ele, porque ele tinha demitido a assessora de imprensa que tinha divulgado uma nota na imprensa que praticamente revelava o voto dele numa votação polêmica. Eu disse que estava bem no jornal, mas ele me ofereceu um salário mais de três vezes maior do que eu ganhava. Disse que ia pensar, mas aceitei quando ele disse que eu tinha que me mudar para Brasília e que ele me cederia um apartamento que ele tem lá, de graça. Sempre me interessei por política e achei ótimo estar perto do centro do poder, ainda mais ganhando o que ele pagava.

– Mas hoje você ganha mais...

– Muito mais. O homem me considera o braço direito dele. Eu tenho a cultura que ele não tem, a inteligência que ele não tem. Só o que não falta nele é esperteza e habilidade política; ele é uma raposa velha, que é como são chamados os políticos do tipo dele.

– Você quer dizer que ele sabe tirar vantagem das negociatas que rolam por lá...

– E como sabe...

– E você não percebia isso? Você compactuava com isso?

– Claro que eu percebia! Mas eu tinha uma postura cínica de que aquela merda é assim mesmo e, afinal, eu estava me dando bem, ganhando o meu pedaço daquele queijo.

– Você continua ganhando, e um pedaço maior...

– Verdade. Mas uma coisa mudou.

– O que mudou?

– Vânia.

– A sua namorada. E o que tem sua namorada com aquela merda toda?

– Eu me apaixonei por ela, como nunca na minha vida. Ela é jornalista de política, super bem-informada e muito profissional. Não foi fácil conquistar a Vânia. Ela me achava inconsequente, um capacho de um deputado reacionário, corrupto, criminoso – no que ela estava com toda razão. Mas eu dei em cima, consegui marcar um almoço, depois uma conversa num bar, depois consegui o telefone, e ela me mostrando que nem todos os políticos eram tão ruins como o meu chefe, me fazendo rever o meu cinismo, reavivando velhos ideais da juventude, e que era possível não se corromper nesse meio, como, aliás, ela é um exemplo.

– Ela fez a sua cabeça...

— Digamos que ela mudou a minha cabeça. Mais que isso, ela deu para minha vida um sentido que não tinha, me fez voltar a acreditar em ideais e valores que eu estava soterrando dentro de mim.

— Mulher poderosa! O que uma mulher não é capaz de fazer com um homem! Se é que isso que você está me contando é verdade...

— É verdade sim. Só espero que você não perca essa visão crítica do mundo que você tem. Eu admiro você por isso.

— Tava demorando pra você puxar meu saco...

— Tem mais coisas que você não sabe sobre mim... E é por isso que eu preciso da sua ajuda.

— Farias e seus mistérios... Fala então.

— Daqui a pouco. Agora quem está precisando de um copo de água sou eu.

— Ô Farias... Posso ficar com aquele broche?

— O besouro? Não pode não.

17

— Mas você começou a namorar logo com ela?

— Não! Demorou mais de um ano. Ela, de início, não queria saber. Tinha acabado de sair de um relacionamento que não deu certo e estava muito defensiva, ainda mais comigo, que trabalhava para um cara que representa tudo que ela repudia em política. Mas, com o tempo, eu passei a procurá-la pelo prazer da conversa com uma pessoa inteligente, muito segura e competente no que faz e bem-informada. Surgiu uma amizade, porque, além de bonita, ela é muito simpática e bem-humorada. Teve noite de a gente ficar horas no telefone. Até doer a orelha, como ela dizia. Até que um dia rolou e foi a noite mais incrível da minha vida. E acabou virando um relacionamento sério, quando eu dei provas de que eu tinha mudado de fato.

– Que prova você deu?

– Eu topei conversar com um amigo dela da Polícia Federal. Isso também foi uma prova de confiança dela em mim, porque eu podia perfeitamente funcionar como informante do meu chefe.

– Você é informante da PF?

– Mais ou menos. Não existe nada de oficial, até porque a PF já sabia quase tudo que eu informei. Eles estão na cola do deputado e dos companheiros de partido dele, faz tempo. Na verdade, eles me deram mais informações do que eu a eles. Só o que dei a eles de mais significativo foram cópias do registro de caixa 2, a que eu tenho acesso. Só isso já é suficiente para condená-lo, mas eles querem mais. Entende a importância do caderno vermelho?

– Entendo. E os caras da PF estão sabendo do sequestro?

– Estão.

– E por que não investigam?

– Até investigam, porque agora que sabem do tal caderno estão muito interessados. Seria uma prova robusta, caso confirmasse as informações que eles já têm. Seria quase uma confissão. Mas sequestro não é atribuição deles, é da Polícia Civil, que é território do deputado. A Polícia Civil respeita muito o deputado por causa da atuação dele no Congresso a favor dela.

Eles temem que, se foi mesmo o deputado quem sequestrou, ela possa ser morta. Queima de arquivo. O Machado até tem me ajudado a procurar...

— Machado?

— Machado é o meu amigo na PF. Ele tem ajudado a descobrir onde ela está e temos uma suspeita de onde seja...

— Onde?

— Isso eu só conto depois que você me disser qual é a sua relação com a Tamires.

— Já disse que não conheço a Tamires.

— Que saco, Davi! Assim não dá pra confiar em você!

— Eu não conheço a Tamires. Eu conheço a Raquel.

— Raquel? Quem é essa Raquel?

— Raquel é essa que vocês chamam de Tamires. Tamires Helena Damasceno é nome de guerra dela. Eu conheço a que existia antes da Tamires, que não tem nada com essa.

— Mas ela tem documentos, inclusive se formou na faculdade como Tamires, matriculou-se com histórico escolar de Tamires...

— Tudo forjado, Farias. Como, não sei, teria que perguntar pra ela. Ela criou essa personagem. A que me ajudava e ajudava a minha mãe era a Raquel, não a Tamires; talvez as duas pessoas em quem ela confia sejam eu e minha mãe. Quem pediu a minha ajuda foi a Raquel, não a Tamires.

— Você a conhece há muito tempo, então...

— Desde criança. Mas vamos parar por aqui, porque não quero envolver minha mãe neste rolo. Aliás, minha mãe acha que ela está morta. E além do mais, saber quem era a Raquel é irrelevante para o caso. Quem está nesse rolo é a Tamires... Tenho mais duas perguntas a lhe fazer: você falou de mim para esse Machado?

– Não. Só falei que eu tinha uma pista para chegar ao caderno vermelho, mas não disse que era você. Você leu o caderno, não leu?

– Li.

– É muito comprometedor?

– Muito. É inacreditável como seu chefe se abria com ela, sem contar a grana que ele dava pra ela. Meu, ela é milionária! E os outros caras, todos, se abriam muito também, até o japonês, aliás, o maior colaborador dela. Ela chama os caras de "colaboradores".

– E eu estou no caderno?

– Está. Seu chefe contou pra ela que lhe deu o Audi, que era um jeito de comprar você.

– Filho da puta!

– Se prepara, porque se esse caderno cair na mão da PF, você vai ter que depor.

– Quanto a isso não tem problema. Eu teria o maior prazer em entregar aquele filho da puta. E qual a segunda pergunta?

– Que pista você tem do cativeiro dela?

– Antes de responder à sua pergunta, eu tenho uma: você iria a Brasília comigo?

– Brasília? Fazer o quê? Conhecer sua namorada?

– Ajudar a resgatar a Tamires. Iria?

– Para resgatar a Raquel eu iria até pra China.

– Então vou responder à sua pergunta. Na investigação que

a PF fez do deputado, eles descobriram um monte de coisas que ele esconde; lavagem de dinheiro, dólar, conta no exterior, essas coisas que políticos costumam fazer. E dentre essas coisas que eles descobriram, tem um sítio em Pirenópolis que ele pôs em nome de um laranja, mas é dele...

— Pirenópolis? Onde é isso?

— Pirenópolis é uma cidadezinha perto de Brasília, fica numa região meio montanhosa, e muita gente de Brasília tem propriedade lá. É um lugar bem bonito, turístico, tem cachoeiras... Eu estive uma vez nesse sítio com o deputado, quando ele inaugurou a quadra de tênis que ele mandou fazer. É uma bela propriedade, com piscina, uma baita casa luxuosa... Enfim, a gente desconfia que a Raquel esteja lá, mas não temos certeza...

— E por que a polícia não vai lá?

— A Federal quer pegar o homem. Ir lá pra quê? Pra procurar documentos? Difícil que ele guarde alguma coisa lá. E sequestro, como eu disse, não é a praia deles.

— E você quer que eu entre lá? Quer que eu enfrente os sequestradores? Pra isso você quer que eu vá pra Brasília? Você é louco?!

— Claro que não. Pelo menos não do jeito que você está pensando.

— Acho bom. Tá certo que eu sou o mocinho dessa história, mas, se tiver que brigar com esses bandidos, este mocinho morre no fim!

— Você quer salvar a Tamires ou não quer?

— Claro que quero! Mas morto eu não salvo ninguém, nem a mim mesmo! Os caras que estão com ela devem ser da pesada,

Farias!

– E são. Mas só o que eu preciso que você faça é confirmar que ela está lá. Se a gente tiver certeza, daí o esquema é outro...

– Que esquema?

– Isso ainda estamos articulando. E aí, vai me ajudar ou não vai? Estão chegando suas férias. Você nem perderia aula.

– Você pagaria a viagem?

– Pagaria. Viagem, hospedagem, tudo. Você é esperto e sabe se virar. Sei que vai dar um jeito de não correr risco.

– Tá bom, vai. Pelo menos eu ando de avião e conheço Brasília antes de morrer...

– Deixa de ser dramático. Se a gente fizer direito as coisas, ninguém vai morrer.

– Puta que pariu... Vida de besouro é foda! Lá vou eu me meter numa merda de novo...

18

Farias convidou Davi para tomarem um lanche, num café próximo ao apartamento e continuarem a conversa sobre a futura ida a Brasília e sobre as providências a serem tomadas. Mas Davi se recusou a revelar mais sobre o conteúdo do caderno de capa de couro vermelho, porque achava que outras informações deveriam ser dadas por Raquel, se ela quisesse, e Farias não insistiu. Concordou que o foco deles, daí em diante, deveria ser resgatar Tamires com vida. No café, a conversa evoluiu para outro rumo.

– Se você já tinha a carta da Tamires antes de me conhecer,

por que não me mostrou logo? Por que ficou me enrolando?

– Vou confessar a você por quê. Fiquei pensando nisso nos últimos dias e a Vânia me abriu os olhos mais uma vez.

– Sua namorada...

– É. Eu me justificava pensando que era um trunfo para ter você sob controle, para dissipar dúvidas sobre seu envolvimento, coisas desse tipo. Mas a Vânia me mostrou a verdadeira razão. Na verdade foi por preconceito e eu diria até certa inveja. Como que Tamires, uma mulher inteligente, formada em Psicologia, culta, bem-informada, falando três línguas, confiava mais num bostinha de periferia do que em mim? Como um cara como você, pobre, inculto, ignorante, poderia ajudar um cara como eu, rico, com dois cursos universitários, de posição mais elevada? A Vânia fez a mesma pergunta que você fez, por que eu não mostrava logo a carta, e me perguntou: "será que você não está sendo preconceituoso?". Pois é: eu estava. Não confiava em você por isso.

– Eu entendo. Cara, se você soubesse quantas vezes eu já vi esse filme... Na faculdade, um monte de vezes, de colegas, de professores... O delegado mesmo e aquele investigador escroto que estava lá, sempre essa gente que se julga superior, como você. Mas nem todos têm a honestidade de admitir isso, como você. Deve ser gente fina essa sua namorada...

– Ela é sim. Ela está conseguindo fazer eu me livrar desse ranço de privilegiado da minha formação. Eu sou de família de posses, sempre estudei em escolas de ricos, nunca enfrentei nem de longe as dificuldades que você enfrentou e por isso me achava superior a você.

– Isso mudou?
– Evidente que sim. Quando eu falava de você pra Vânia...
– Você falava de mim?
– A gente conversa todo dia por telefone, quando não estou lá. Então ela ficava entusiasmada com a sua inteligência, seu senso crítico, sua esperteza. E eu confesso que eu também. Como que um cara como você, com as condições precárias de vida que você tem, consegue ser tão objetivo, tão esperto...?
– Pois é. Meu trabalho de conclusão de curso, que será minha futura dissertação de mestrado, é sobre isso. Como as pessoas da periferia se viram para sair da pobreza.
– Me fala da sua tese.
– Não é tese. Meu professor até cogitou me indicar direto pro doutorado, mas eu tenho o pé no chão. Primeiro eu quero redigir e ter avaliações se de fato o texto é bom, se é consistente. Mas eu vou me esforçar muito para que seja um bom trabalho. A gente que estudou em escola pública da periferia tem que superar muitas dificuldades por causa da formação deficiente. Por exemplo: eu tinha quase nenhum preparo em redação. As professoras de Português que eu tive só de vez em quando mandavam a gente escrever uma redação. Tinha uma, a do segundo ano do médio, que pedia redação, uma ou duas vezes por mês, e essa foi a que mais pediu. Mas não mandava a gente escrever porque queria que a gente aprendesse a redigir. Mandava porque ela podia descansar, ficar sem dar aula, e ficava cochilando, coitada, enquanto a gente escrevia. Eu até entendo, porque a coitada tinha que dar uma porrada de aulas por dia, para poder ganhar mais, sustentar a família, cuidar dos filhos

dela. E essas redações nem sempre eram corrigidas e avaliadas, porque pedir redação para uma classe significava mais trabalho para ela em casa. Então eu tive que me virar para aprender a redigir sozinho, praticando em casa, sem nenhuma orientação. O que eu fazia era imitar os livros que eu lia. Procurava ser objetivo e claro como Graciliano Ramos, ser científico e direto como Antônio Cândido e procurava não errar na Gramática.

– Você lia bastante?

– Não tanto quanto eu queria, porque acesso a livros era difícil. Mais minha professora de História me emprestava livros, como agora o Eduardo me empresta.

– Ele ajuda você...

– Ajuda bastante, não só com os livros. Ele corrige meus textos, não só da matéria dele. Questiona informações inconsistentes, sugere que eu reescreva trechos não muito claros ou mal redigidos... Ele é como todo professor deveria ser: interessado no progresso dos alunos, passando pra eles seus conhecimentos. E não é só a mim que ele ajuda. Ele atende todos que pedem ajuda. Ele não é o único professor bom que eu tive e tenho, mas é um dos que mais me ajudaram.

– Sobre o que você está escrevendo?

– Já escrevi. Entreguei meu trabalho hoje. É sobre as lutas e decisões de cinco adolescentes da periferia para sair da pobreza, um deles sou eu. Quero continuar estudando isso...

– E você pretende publicar sua futura tese?

– Não é tese, pelo menos não é ainda. Engraçado você me perguntar isso. Outro dia o Eduardo me disse que a Tamires achava que meu texto deveria ser publicado em livro. Eu nem comecei a redigir e já tem gente querendo publicar! Pode? Na hora que ele me falou isso, eu achei engraçado, mas depois comecei a pensar que eu poderia ter esse objetivo sim, por que não? Vou caprichar na redação, me preparar melhor. Eu fiquei sabendo de um curso de Redação que um professor dá, me disseram que é muito bom, e eu pretendo fazer no ano que vem. Disse que ele ensina todo tipo de texto. O nome dele é Gilson Rampazzo, ouviu falar?

– Não. Nunca ouvi.

– Então. Eu vou me esforçar ao máximo pra produzir um texto bom, porque o conteúdo eu sei que é. Se ficar bom e for publicado, ótimo. Mesmo que só umas dez pessoas leiam meu livro.

– Com certeza você terá dois leitores: eu e a Vânia. De onde veio a ideia de escrever sobre esse tema?

– Da amizade, do companheirismo, da empatia.

– Vocês são amigos?

– Desde o fundamental. A gente pensava num jeito de sair da pobreza e aí cada um buscou o seu caminho, depois que a gente se formou no médio. O Roberto, o Beto Barbosa, como é conhecido hoje, era o craque da turma, aquele que nas peladas, quando dois escolhiam o time, era sempre o primeiro a ser escolhido. Decidiu ser jogador de futebol. Tentou nas peneiras – sabe o que é peneira?

– Sei.

– Ele tentou em vários times e acabou passando numa do Juventus. Ficou lá por um ano, no juvenil, e recebeu um convite pra jogar no profissional de um time da terceira divisão. Daí foi jogar no Rio Branco de Americana, ganhando o dobro do que ganhava, o que não era muito, coisa de pouco mais que dois mínimos.

– Que posição ele joga?

– Está jogando de segundo volante, mas pega bem de meia, que ele é habilidoso com a bola nos pés e tem bom passe. Atualmente ele está para sair do Rio Branco, porque recebeu dois convites, um da Ponte Preta e outro do Sampaio Correia, do Maranhão. O Sampaio paga mais que a Ponte, mas ele prefere a Ponte, porque está mais perto da família e dos amigos e porque vai ter mais visibilidade para chegar onde ele quer, que é um time grande da primeira divisão do brasileiro.

– Ele torce pra que time?

– Todos nós da turma somos corintianos. Mas jogador profissional tem que torcer pela camisa que veste. Pretendo contar a batalha do Beto para ser jogador de futebol e sobre os planos para o futuro, que é se formar em Educação Física e trabalhar num clube ou mesmo dar aulas. Ele leva a profissão a sério, se cuida fisicamente e estuda para entrar numa faculdade, assim que ele parar em um lugar. Quem sabe, agora na Ponte, ele consiga. O Beto aproveitou a capacidade física que ele tem e fez disso a saída da pobreza. É um cara inteligente e muito articulado pra falar. Tenho certeza de que ele vai se dar bem.

– E os outros?

– O Benito, o Benê – o pai dele deu esse nome por causa do Benito de Paula, aquele cantor – foi ajudar o pai que é dono daquele boteco perto do Colégio. Convenceu o pai a pôr umas mesas pra fora, a pintar as paredes, a modernizar o balcão e aumentou com isso a renda do bar. Contratou uma cozinheira e serve PF...

– PF? O que é isso?

– Prato feito. E a cozinheira faz coxinha, empada, aperitivos pros bêbados beliscarem. Ele também cuida da contabilidade e tem planos de abrir uma pizzaria. A saída pra ele foi tocar o negócio do pai, melhorando e dando uma condição melhor pra família.

Depois eu falo do Rogério. O Rogério começou trabalhando como empacotador num supermercado, desse de rede, de multinacional. Logo puseram ele pra abastecer as gôndolas e como ele tem nível secundário e é muito sério no trabalho, chegou a chefe do estoque. Ele controla toda a logística da loja. Engravidou uma mina e se casou com ela e agora não só sustenta a mulher e o filho, como também os pais dele, que já estão velhos. Está fazendo curso no SESC, porque pretende chegar a gerente de loja. Um batalhador o Rogério.

– Estou impressionado com seus amigos.

– Falta o Valcir. A saída que o Valcir encontrou foi no tráfico de drogas. Começou no colégio, passando maconha, mas, segundo os chefes, ele tinha potencial e hoje cuida do controle da distribuição e acho que da contabilidade – ele não me conta tudo.

– E ele se abre com você?

– O Valcir é um puta amigo que eu tenho, desses que quando você encontra depois de um mês, continua a conversa onde parou. Tem muito respeito por mim, sempre teve. Ele me achava o cabeça da turma, mas sou eu que aprendo com ele sobre as malandragens da vida.

– Você não se incomoda em ser amigo de um traficante?
– Me incomodar por quê? Porque ele ganha uma boa grana? Porque ele não quis ser cobrador de ônibus, operário da construção, porteiro de edifício? O Valcir achou um jeito de se dar bem. No estudo, ele não tinha chance. Ele só se formou porque eu passava cola pra ele nas provas. E quer saber? Não tem treta comigo no bairro, porque, se tiver, ele me defende. Ele é um cara de muita coragem, isso sim. Precisa ter coragem para sobreviver no meio em que ele vive, correr os riscos que ele corre. Tem mais: quem sustenta o Valcir e os companheiros de tráfico dele são vocês, os mauricinhos e patricinhas que compram a droga que ele vende. Agora, pergunta se ele usa droga. Nunca nem experimentou, porque sabe que aquilo vicia. Se ele usar, é prejuízo. Você já me viu bebendo álcool? Não, nem eu, nem o Benê, nem o Valcir, quanto mais droga. Droga é pros trouxas que se acham. Pra dizer a verdade, eu acho você pior que o Valcir. Você trabalha e ajuda um ladrão do povo, é cúmplice dele. Esses meus amigos só estão pegando migalhas do bolo social, porque a parte boa, a com recheio, quem come são aqueles caras que comiam a Tamires e os caras como você, que lambem o saco deles.
– A Vânia vai amar você... E você? Como entra na tese?
– Não é tese...
– Tem razão. É um livro, um livro muito interessante.
– Tá aí você de novo. Está tão acostumado a puxar o saco que agora decidiu puxar o meu... Eu sou uma saída possível desse buraco que é a vida de pobre, o que teve a sorte de ter a mãe que eu tive e decidiu estudar. Eu sou o que conseguiu ir em frente apesar de ter uma educação precária, um atendimento de saúde

precário, pouca comida, pouco conforto, pouca grana, como acontece com a maioria dos que vivem na periferia. Sacrifiquei diversão, sacrifiquei roupa de grife, sacrifiquei até namoro para chegar onde estou quase chegando. Eu não condeno o Valcir e não condeno também a Tamires. O bonde da vida que passou para eles foi esse que eles pegaram pra sair da merda. Eu não julgo se eles estão certos ou errados, assim como não julgaria você, se você fosse a bicha que eu achava que você era. O que eu julgo errado é esses milhões de pessoas da periferia com muito potencial não terem a oportunidade que merecem. Dá oportunidade pro Rogério, por exemplo, e vai ver aonde ele chega. Se deixar, ele chega a gerente geral da rede de supermercados.

– Muito bem, futuro grande sociólogo. Vamos cuidar de coisas práticas agora. Vamos acertar os detalhes da sua ida a Brasília – passagem, horário e o que fazer quando você chegar lá.

– Eu não vou com você?

– Não. É melhor que nós não sejamos vistos juntos. Eu vou, inclusive, em horário diferente do seu. Você já viajou de avião?

– Não, nunca.

– Tem medo?

– Não. Avião é mais seguro que um busão.

Acertaram todos os detalhes e Davi só precisava achar um jeito de convencer sua mãe, sem revelar o motivo da viagem.

– Muito bem. Agora vou levar você até a sua casa.

– Não precisa não, eu me viro. A gente está próximo do Parque Trianon e eu quero passar por lá, curtir um pouco a natureza, coisa rara onde eu moro. Lugar bom pra pensar na vida...

Despediram-se e ele pôde andar devagar pelas alamedas do parque, respirando um pouco de ar puro, enquanto os pensamentos eram em Raquel, lembranças da foto que viu na delegacia, de corpo inteiro, elegante no vestido longo e nas joias discretas, e a comparação com a imagem da adolescência de Raquel nua, os cabelos negros longos sobre os ombros e sobre as costas, a pele branca, que deve ser macia, os tufos negros dos pelos púbicos, o corpo perfeito, cuja imagem esteve tão presente em suas fantasias. Veria novamente essa mulher, ou só lhe restariam essas lembranças? Teria ele a coragem do Valcir, a determinação do Beto e do Rogério, a criatividade do Benê, para conseguir resgatá-la viva? Será que de novo esses poderosos iriam infringir a ele mais uma derrota, como as que diariamente impõem a ele e ao povo da periferia? Não, desta vez não! No que dependesse dele, não!

Pensava essas coisas, no lento passeio pelo parque, ouvindo os passarinhos, tão marginais e excluídos das coisas boas da cidade como ele, em direção à saída em frente ao MASP. Ao passar pela impressionante estátua do fauno, parou para contemplá-la e viu alguma coisa que se mexia na terra. Era um besouro, que andava devagar com seus passos de besouro, provavelmente uma fêmea, procurando fezes para depositar seus ovos.

19

– Oi, mãe. Tudo bem?
– Fazer o quê... Continuo muito triste... Acho que já chorei tudo que tinha pra chorar, só ficou essa tristeza que não passa...

– Não desanima não, mãe. Pode ser que a Raquel ainda esteja viva. Eu acredito que esteja.
– Não fica se iludindo, filho. Aceita, que dói menos...
– Não é ilusão. Essa possibilidade é real.
– O que você sabe, que eu não sei?
– Você se lembra de que eu perguntei se ela deixou alguma coisa com você, além do dinheiro?
– Lembro. Um caderno, né?
– Então. Os caras que pegaram ela estavam atrás disso, a bagunça que eu vi no apartamento dela é prova. Pelo jeito, eles não encontraram e o único jeito de eles saberem é ela contar onde escondeu. Enquanto ela não contar, eles não matam. Acho que ela é esperta o bastante pra não contar...
– Você viu o apartamento dela?
– Vi.
– E você achava que ela deixou essa coisa comigo?
– Achava. Mas você disse que não, eu acreditei. Não deixou, né?
– Eu nem sei que caderno é esse... Você sabe o que é?
– Acho que tem alguma coisa que compromete o cara que raptou ela, sei lá o quê...
– Mas onde ela está? Até agora não apareceu o corpo. Se bem que não deve ser difícil enterrar um corpo por aí...
– Só que quem está investigando não desistiu de procurar e tem uma pista de onde ela está.
– Como você está sabendo disso? Já não falei pra você se afastar dessa confusão? Quem disse isso pra você?
– O cara que me levou ao apartamento dela ficou meio que

meu amigo, foi com a minha cara. A gente se fala de vez em quando pelo celular e ele me contou. Mas não se preocupe que eu não estou me metendo nessa sujeira.

– Ele sabe que você conhece ela?

– Ele sabe que ela me conhece. Meu professor contou pra ele.

– Seu professor?

– A mulher do meu professor fez faculdade com ela e elas ficaram amigas. Era ele que falava de mim pra ela. Mas eu disse que não sabia que ela me ajudava, o que é verdade.

– Ele suspeita de você?

– Suspeitava. Agora não suspeita mais e por isso me conta das investigações.

– Fica fora disso, filho. Essa gente deve ser perigosa demais.

– Por falar em ficar fora, eu recebi um convite para passar uns dias em Brasília.

– Convite de quem?

– De um amigo da faculdade. Me convidou para passar uns dias na casa dele. Ele é de lá e estuda aqui.

– Viajar pra Brasília é caro!

– Ele é rico e me paga a passagem. E lá vou gastar pouco, porque vou me hospedar na casa dele. Sabe o que é, mãe. Esse ano foi puxado. Não parece, mas trabalho intelectual cansa. Preciso esfriar a cabeça, ainda mais depois dessa confusão com a Raquel. Também seria bom conhecer Brasília. Até hoje o mais longe que eu fui foi Santos. E acho que eu mereço umas férias assim.

– Merece sim. Seria um presente de formatura. E tem o

dinheiro que a Raquel deixou. Vai sim, filho, e não se preocupe que eu vou ficar bem. Talvez eu passe uns dias com o Maurício... Eu lhe dou cinco mil reais para a viagem; está bom?

– Não precisa tudo isso não! Eu não vou gastar nada lá. Me dá mil reais, só por garantia, e já é muito. Eu nunca tive essa grana na mão...

– Leva três mil, então.

– Mas eu não vou gastar tudo isso!

– Se não gastar, quando voltar você devolve. E não se fala mais nisso. Leva três mil e pronto.

– Mãe, tenho uma notícia boa. O professor Eduardo me garantiu que no ano que vem vou receber uma bolsa de pesquisa. Não é muito, mas alivia bastante. E ele topou ser meu orientador na dissertação de mestrado e, se sair boa, pode até virar tese de doutorado. Já pensou seu filho doutor?

– Ai, meu Deus! Se isso acontecer vai ser o sonho da minha vida realizado! Até que enfim uma notícia boa. Me dá um abraço, me dá!

– Calma, mãe; é só uma possibilidade...

– Mas eu acredito em você. Se tem essa possibilidade, eu sei que você vai correr atrás.

– Isso eu vou mesmo. Mas primeiro vou ter que trabalhar bastante.

– O Maurício vai ficar super feliz quando eu contar isso pra ele...

– Você gosta mesmo dele, né, mãe...?

– E ele de mim. Se eu fico feliz, ele fica também. Vou preparar seu jantar. Vem comigo pra cozinha...

A notícia da eventual tese serviu para mudar o semblante sombrio que a mãe aparentava nos últimos dias e o afeto pelo filho agora era menos preocupado. Após o jantar, a comida simples de sempre, apenas incrementada com uma salada de rúcula e tomate, a mãe foi para o quarto, dispensando o capítulo da novela, talvez para um sono tranquilo que ultimamente não tinha.

E ele resolveu ir para seu banco no beco, onde gostava de ficar pensando, porque havia muitos acontecimentos próximos a serem cogitados, desde a inexperiência de viajar de avião, até que tipo de atuação ele teria em Brasília. Como seria essa namorada do Farias? Que roupas levar? Que tamanho de mala comprar? Quantos dias ficaria por lá? Teria tempo de conhecer a cidade? Teria a sorte de resgatar Raquel? Tinha muito em que pensar...

Mas pouco pensou sobre essas questões, porque, ao sentar-se, olhou para o lugar onde havia encontrado o diamante do brinco quebrado de Raquel e viu um besouro de costas, mexendo as perninhas, lutando para desvirar-se, sem encontrar apoio. Levantou-se devagar e delicadamente colocou o besouro com as patinhas no chão. Então voltou para seu banco de cimento, sem tirar os olhos do coleóptero que permanecia parado e assim ficou por mais de um minuto. Até que a carapaça protetora das asas se abriu e o besouro negro preparou-se para voar e ele viu que vinha em sua direção. Esticou o braço e ofereceu a mão direita espalmada, onde o bicho pousou. Lentamente recolheu o braço até apoiar o cotovelo no tórax, sem desviar o olhar do besouro que, pousado em sua mão, parado, lhe dava a sensação de ligeiras cócegas. E assim o besouro ficou por uns cinquenta segundos e novamente moveu a negra carapaça, liberando as asas num voo talvez em direção à luz do poste que iluminava os primeiros metros daquele beco.

20

Dentre as providências e obrigações que antecediam a viagem, havia o encerramento do ano letivo, questões protocolares, porque sua aprovação já havia se concretizado em todas as matérias que cursou durante o ano. Mais agradáveis eram as despedidas dos colegas, as combinações para encontros, festas e formatura. Não menos agradável, a visita ao apartamento de uma aluna do segundo ano e tudo que aconteceu entre eles nessa visita.

Imprescindível reunir-se com o professor Eduardo, que reforçou suas melhores esperanças para o ano seguinte. Ganhou do mestre um livro, este comprado por ele mesmo, não por Tamires. Mas não contou a ele que viajaria para Brasília e pouco acrescentou sobre o caso de sequestro, somente revelando que a procura por Tamires continuava e que talvez tivesse um desfecho em breve. Nada sobre Farias, nada sobre investigações, apesar da insistência de Eduardo, que acabou aceitando suas ponderações de que evitasse qualquer envolvimento com o caso.

Na sexta-feira, tinha tudo resolvido para a viagem no sábado de manhã, inclusive uma calça nova que a mãe lhe deu de presente. Já havia combinado com Farias, em novo encontro, quando recebeu a passagem e o cartão de embarque, que se encontraria com Vânia no aeroporto e que ela o reconheceria pela roupa que usaria – calça jeans, camiseta branca, jaqueta jeans e tênis branco – e pelas fotos dele que Farias enviou a ela pelo celular. Ela o levaria para o apartamento dela e no domingo eles se encontrariam lá. Talvez no domingo mesmo começassem a pôr em prática o plano do eventual resgate de Raquel, dependendo das informações do Machado. Quis saber quantos dias ficaria em Brasília, mas Farias não soube precisar. Em todo caso, ele que se preparasse para uma semana, o que norteou a arrumação da mala azul recentemente comprada, do tamanho que cabe no bagageiro do avião. Na conversa com Farias, depois de resolvidas essas questões práticas da viagem, quis saber como justificou ao seu chefe a ausência de São Paulo.

– Eu inventei uma história, que parece que ele engoliu.

– Que história?

– Eu disse que tinha conseguido um informante lá no seu bairro, um cara que tinha visto a Tamires conversando com um homem de terno no dia do sequestro. E aí foi uma aposta arriscada de que a Tamires teria conseguido despistar os sequestradores por um tempo suficiente para entregar o caderno vermelho para alguém. Pela reação do deputado, parece que isso de fato aconteceu, porque ele não questionou nem se surpreendeu com a história do despiste.

– De fato isso aconteceu, Farias...

– Imaginei que sim... Daí eu inventei que esse homem de terno aparece por lá todo fim de semana. Ele quis saber quem era esse homem. Na hora eu pensei que um cara de terno poderia ser um advogado, um policial federal ou civil qualificado, um empresário ou um pastor. Inventei que era um pastor evangélico, que só estava guardando o caderno para ela. Como ninguém sabe da vida anterior dela, achei mais fácil de ele aceitar que fosse um pastor.

– Essa é boa, Farias... O pai da Raquel é de fato um pastor.

– Não brinca... Me conta mais!

– Não vou contar não. Continua, porque até agora você não disse como vai justificar sua ida a Brasília.

– Vai acontecer em Brasília, semana que vem, um congresso, um encontro, sei lá o quê, de pastores protestantes – olha a coincidência! – e eu disse que soube por meu informante que o pastor ia pra lá e que eu tinha descoberto o nome do pastor.

– Você não disse que o nome do pastor era Damasceno, disse?

– Não, disse outro nome. Por quê?

– Esse é o nome do pai da Raquel.

– Tá brincando...!

– E Helena é o nome da mãe.

– Incrível! Ela se deu o nome dos pais! Não sei qual é a história dela, mas está me parecendo uma vingança...

– Eu também acho. Então você está indo pra Brasília para investigar o suposto pastor?

– Isso. Portanto nós só temos uma semana para encontrar e resgatar a Tamires. Depois disso, não tem mais como enrolar o deputado.

– E ele não vai estar lá?

– Não. Vai começar o recesso parlamentar de fim de ano e ele vai estar aqui em São Paulo. E tem mais: a PF deu só esta semana até prender o deputado. Eles estão terminando as investigações e vão agir. Claro que se puderem acrescentar sequestro e cárcere privado ao processo, a pena dele vai ser maior.

– Porra, Farias! É muita pressão em cima da gente!...

– Tem outra... E essa envolve você...

– Eu?

– É. Eu disse ao Machado, ontem, que eu tinha quase certeza de que o caderno está com você, e eles estão muito interessados nesse caderno. A prova fica mais robustecida com o sequestro.

– Porra, Farias! Eu consigo me livrar da Polícia Civil e você me enrola com a Federal!

– Foi o jeito que eu achei da gente ganhar tempo. Se eles prendem o deputado antes do resgate, os carcereiros dela matam...

– Puta que pariu, Farias! É muita responsabilidade!

– Eu sei. O fato é que a vida da Tamires está em nossas mãos.

– E esse Machado? É confiável?

– Acho que sim. Pelo menos até agora não tenho motivos para desconfiar dele.

A conversa com Farias, em vez de tranquilizá-lo com a viagem, como pretendia, só acrescentou mais preocupações e Farias percebeu isso. Para descontrair, provocou Davi:

– Eu só peço uma coisa a você: nada de dar em cima da minha namorada!...

– Ela é bonita?

– Muito bonita.

– Então, não sei não, Farias. Se ela me der mole...

– Mas você é mesmo um canalha!

– Que é isso, Farias. Você não se garante não?

– Nela eu confio. Eu não confio em você!

– Fica frio. Como se diz lá no meu pedaço, mulher de amigo meu é Zé. Mas... lá eu vou estar fora do meu pedaço...
– Tô brincando, Davi. Acho que vocês dois vão se dar muito bem. Ela tem uma visão de mundo bem próxima da sua. Mas sexo acho que está fora de questão.
– Eu não estou indo pra lá à procura de sexo. Tenho que me concentrar no nosso objetivo, que é livrar a Raquel.

Essa conversa tinha sido no dia anterior. Agora estava em seu quarto, começando a ler o livro que ganhou de Eduardo. Até pensou em levá-lo na viagem, mas achou melhor não, porque queria estar concentrado no objetivo da viagem. Apenas leu o texto de apresentação do livro, o prefácio e a orelha, e decidiu que leria quando voltasse de Brasília, isso se voltasse. Talvez fosse melhor se lesse o Quixote, tão insano quanto ele em se meter em aventuras que pessoas de bom senso evitariam. Quem seria Sancho Pança: ele ou Farias? Na verdade, os dois eram movidos pela paixão: Farias, por Vânia, e ele, por Raquel. Ambos tinham sua Dulcineia; ambos quixotescos. O que uma mulher não faz na vida de um homem...

Fechou o livro e o deixou sobre a mesinha de trabalho, junto a outros. Eis um bom motivo para lhe dar coragem, enfrentar seus moinhos de vento, vencer e voltar: precisava voltar para ler aquele livro, que lhe pareceu bem interessante. E a esse, acrescentou outro motivo: quando voltasse, pediria para a mãe aquele desenho do besouro da Raquel adolescente, o enquadraria e o colocaria na parede em que a mesinha estava encostada, a parede branca que agora ele olhava sem olhar, tão imerso em planos futuros que estava...

21

Ao sair do avião em Brasília, lembrou-se do conselho de Farias: "segue a massa, que você chega na saída." Nem precisava, bastava seguir as placas. Antes de sair, foi a um banheiro urinar e ajeitar os cabelos castanhos como os de sua mãe. Passou a mão no rosto com a barba bem-feita pela manhã, logo que acordou, antes de tomar banho e de despedir-se da mãe, que, preocupada, já havia preparado o café da manhã. Nunca tinham ficado tanto tempo separados, como começava a acontecer naquela hora. Ouviu atento aqueles conselhos de mãe preocupada e prometeu ligar para ela assim que o avião pousasse, o que fazia agora que saía do banheiro em direção à saída.

No amplo saguão de entrada e saída do aeroporto, diminuiu os passos, procurando entre as dezenas de pessoas que esperavam passageiros uma moça com cara de Vânia. Havia os que portavam cartazes com nomes, os de agências de viagem arrebanhando passageiros para a van, pessoas de olhares atentos tentando reconhecer parentes ou conhecidos, mas ninguém com cara de Vânia que distinguisse naquela pequena multidão a que se juntavam seus companheiros de viagem. E se ela não aparecesse? Como iria se virar naquela terra estranha? Já se imaginava pegando um táxi e indo para um hotel, quando alguém, à sua esquerda, tocou-lhe o ombro.

– Davi?
– Oi, sou eu mesmo.
– Prazer, eu sou a Vânia.

– Prazer... Puxa! O Farias disse que você era bonita, mas não que era tão bonita!

– Olha só! O rapaz, além de esperto, é xavequeiro... Vamos, que meu carro está no estacionamento.

No trajeto até o carro, as perguntas de praxe: "fez boa viagem?" "Serviram o quê no avião?" "Está tudo bem?". Ele pouco falava, limitando-se a responder com poucas palavras às perguntas, e era claro o intuito dela em deixá-lo à vontade. Já no carro, ela informou:

– Eu moro na Asa Norte. Tem um caminho mais curto por fora, mas eu vou por dentro, passando pela Asa Sul, para que você conheça um pouco a cidade. A planta de Brasília lembra um avião, acho que você sabe...

– Olhei no computador o mapa de Brasília, as fotos dos lugares mais significativos. Mas a planta não me lembrou um avião não. Acho que lembra mais a foice e o martelo. A maça do martelo é a Praça dos Três Poderes. Acho que o Niemeyer punha a foice e o martelo em muitas obras dele. O monumento ao Juscelino é bem evidente. Até as colunas do Palácio da Alvorada lembram.

– Incrível! Eu nunca tinha percebido isso! Não é que faz sentido? Estou me lembrando do sambódromo no Rio. Parece mesmo!

– Ele era um comunista de carteirinha, não era?

Adentraram a Asa Sul, agora a conversa fluindo fácil, as explicações sobre o Lago Sul, com suas residências de alto luxo, que se desenvolveu primeiro, provavelmente porque parte significativa dos ocupantes de altos cargos iniciais de Brasília vinha do Rio de Janeiro e, no Rio, a Zona Sul é rica e a Norte, pobre. E as superquadras, com seus apartamentos de boa qualidade e conforto, seu comércio próprio, suas construções favorecendo o convívio entre vizinhos, a integração social, com seus espaços externos amplos de jardins e gramados bem cuidados, a ausência de muros e divisórias, enfim, a proposta de uma cidade confortável e organizada, o que provocou o comentário de Davi:

– É... Lúcio Costa e Niemeyer imaginaram a capital de um país solidário, sem desigualdades gritantes, que infelizmente está longe de ser o nosso...

– Sabe, Davi. Pouca gente que mora aqui, inclusive a maioria dos políticos, consegue fazer essa leitura da cidade que você faz... Imagine: você chegando aqui pela primeira vez...

– Mas o povo mesmo não mora nessas superquadras, não é?

– Não. Os que construíram Brasília, os trabalhadores domésticos, os que trabalham no comércio e os servidores públicos de cargos de baixa remuneração moram nas chamadas cidades-satélites e não têm nem de longe o conforto de Brasília.

– Em certa medida, é parecido com São Paulo. Lá tem os bairros de ricos, como o Morumbi e mesmo os Jardins, onde está o apartamento da Tamires; os de classe média, como Pinheiros e Vila Mariana; e a periferia, onde eu moro; sem contar as favelas. As moradias das cidades traduzem concretamente a estrutura social desigual.

– O Henrique me disse que sua mãe é faxineira e que sustenta você para que estude... Não deve ser fácil a vida de vocês...

– Não é não. Eu tenho muita sorte de ter a mãe que tenho,

que, mesmo de dentro de sua ignorância e falta de estudos, consegue ter a lucidez de enxergar uma saída da pobreza e aposta tudo em mim, à custa de aguentar um trabalho duro para garantir nossa sobrevivência. Quando penso nisso, acho até uma irresponsabilidade minha me meter nessa aventura de enfrentar criminosos do porte que a gente está perto de encarar...

– Não é irresponsabilidade não, Davi. É seu senso de justiça. A gente vai vencer, tem que vencer. Eles são fortes, mas não são invencíveis e não vão escapar impunes desta vez, você tem que acreditar nisso.

– Eu não estaria aqui se não acreditasse.

– Você me parece bem maduro para a idade que tem.

– Na periferia, você tem que amadurecer rápido; a adolescência é muito curta, porque logo você precisa trabalhar. O meu trabalho é o estudo, e diferente dos boys de classe média, estudar é trabalho, não é lazer cultural. A perspectiva de trabalho, que meus colegas de faculdade só vislumbram quando estão terminando a faculdade, eu já olhava quando prestava o vestibular. Eu trabalho isso na minha cabeça desde antes de começar a faculdade.

– Eu vou agora levar você para ver *in loco* os tais monumentos que você viu nas fotos: o teatro, a catedral, a esplanada dos ministérios, a Praça dos Três Poderes...

– Olha, se for desviar do seu caminho, não se incomode. Eu não vim aqui pra fazer turismo...

– Não custa nada. Hoje não podemos fazer nada para os seus propósitos. Só amanhã, depois que o Henrique chegar. Aproveite seu dia de descanso. Pronto: estamos chegando.

– Nossa! Estou me sentindo andando dentro de um cartão postal!...

Ouviu atentamente as explanações de Vânia, agora no papel de guia turística, e entendeu no passeio a intenção de agradá-lo, vendo nela o olhar de quem ama aquela cidade, de quem, apesar de todas as mazelas e conluios escusos que se perpetram lá naqueles palácios, consegue ver e mostrar a beleza que Brasília de fato tem.

Por fim, foram para o apartamento na Asa Norte, mais para o fim, em um prédio de construção relativamente recente, um apartamento amplo, muito amplo, se comparado com sua casa, ocupado somente por ela e eventualmente pelo Farias, em suas visitas. A decoração moderna, mas simples, fez com que Davi se sentisse à vontade; nada comparada à sofisticação do apartamento de Tamires, mas muito melhor que a de sua casa, feita da acumulação paulatina de móveis comprados mais pela oportunidade da ocasião do que pela função estética. Para ele estava reservado um quarto, espaçoso, cama de casal, provavelmente um quarto de hóspedes. Ali deixou sua mala e saiu com ela para almoçar.

– Sinta-se em casa, viu, Davi. Que eu não sou de muita frescura.

– Obrigado. Você sabe deixar uma pessoa à vontade.

O almoço foi no restaurante do Paulo, um lugar sem muito luxo, mas muito frequentado pela qualidade da comida caseira. Ladeando o restaurante, havia uma parte coberta, como uma varanda larga, o lugar preferido pelos fregueses, em tardes quentes como aquela. E não foi por acaso que Vânia o levou lá. Conhecido de muito tempo, Paulo fazia parte do plano de resgate de Tamires, como ele descobriria depois. Mas, naquele almoço, o plano era somente matar a fome com a boa comida do lugar e curtir a natureza ao lado da parte externa onde ficaram.

Não se poderia chamar aquilo de jardim, feito de arbustos floridos, grama e algum mato, plantados sem grandes pretensões de paisagismo. Só servia para disfarçar o mato e atenuar o calor do sol. Alguns insetos, borboletas e poucos pássaros voejavam sobre as flores amarelas e vermelhas dos arbustos em que só Davi prestava atenção. Por isso, somente ele viu um besouro que pousou na parte superior da treliça que separava o restaurante do falso jardim.

22

Farias chegou no domingo, pouco antes do almoço, um espaguete à Carbonara preparado por Vânia; e encontrou Davi na sala, lendo na Folha de São Paulo as notícias de política. Na cozinha, Vânia ultimava os preparativos para o almoço, e Davi pôde presenciar o afeto que existia entre os dois, bonito de se ver. De fato, Farias não havia mentido sobre isso.

A conversa durante o almoço foi sobre a viagem, sobre as impressões que Davi teve da cidade e pouco, bem pouco, sobre Tamires, a não ser a informação de Farias de que o Machado viria ainda naquela tarde ultimar os preparativos do plano de resgate da refém. Claramente Vânia se mostrava impressionada com Davi, mas ante a manifestação de ciúme disfarçada em tirada de humor de Farias, Davi o acalmou:

– Fica frio, Farias, que eu estou me comportando direitinho, não é, Vânia?
– Mais ou menos... Tive que ouvir uns xavecos. Mas que mulher não gosta de um bom xaveco...?
– Mas me diga aí o que mais você achou da cidade?
– Tem uma coisa que eu gostei muito, Farias. Antes do almoço, eu estava ali na janela da sala, olhando pra fora, e senti uma coisa muito legal. Aqui em Brasília a gente pode ver o horizonte, pode deixar a vista se perder na distância. Como isso é bom! Aqui tem muito espaço, muito verde. Até no restaurante em que a gente almoçou ontem tinha vegetação por perto. Em São Paulo, você não vê horizonte, a não ser que você suba num prédio alto. Sempre sua visão é limitada por paredes. É uma vida de olhar truncado, a não ser, um pouco, na Cidade Universitária. Aqui não, o olhar pode se perder. Só tive sensação semelhante, quando fui pra Santos. Não vi muita graça na praia, nas ondas, na água salgada. Mas deixar o olhar ir até o infinito, isso sim me emocionou. Pra gente, então, que é da periferia, ter essa sensação de liberdade é muito impactante...
– Aí, Vânia. O cara além de tudo é poeta!
– É interessante ver o mundo pelos olhos dele.
– Ih... agora são dois a puxar meu saco...
E a conversa que se transferiu para a sala se prolongou para os fatos políticos do momento, sobre leituras e planos de vida. A sala ampla era dividida em duas partes: a mais próxima da cozinha tinha a mesa e as cadeiras onde almoçaram e um móvel que servia de aparador, onde ela guardava os apetrechos de almoço e jantar – pratos, talheres, essas coisas; na outra parte, um sofá,

duas poltronas e a mesa de centro. Também havia nas paredes umas prateleiras com objetos de decoração e uns poucos livros, além de quadros nas duas paredes, tudo de bom gosto. Sem dúvida era um lugar agradável, organizado e harmônico, bem de acordo com a conversa amena que rolava, até que por volta das duas e meia a campainha tocou, anunciando a chegada de Machado, que entrou e sentou-se na poltrona disponível. Na outra, mais próxima da janela, estava Davi.

– Este é o Davi. Davi, este é o Machado.

Machado era um homem forte, relativamente alto, quase um metro e noventa, cabelos pretos ligeiramente ondulados e bem penteados, roupas discretas, esportivas.

– Então esse aí é o cara. Sabe que eu poderia te prender por obstrução à justiça...

– Você está me ameaçando, seu filho da puta! Vai, me prende aí! Aqui estão meus dois pulsos. Mete a algema!

– Posso te prender sim! A não ser que você me diga onde escondeu aquele caderno que é prova de crime.

– Eu escondi onde você nunca vai achar. Eu escondi na casa da sua mãe, que você nem sabe quem é, nem em que zona ela trabalha!

– Hei, hei, hei! Vamos parar os dois com esse papo torto!

– E agora eu posso te prender por desacato!

– Para, Machado! Que merda é essa que você está falando! Dá o fora da minha casa já! Ou vai me prender também por desacato! Fora daqui, já!

– É que esse moleque...

– Fora, Machado!

– Tá bom! Mas vocês vão se arrepender...
– Fora daqui!

Machado levantou-se e dirigiu-se à porta, deixando atrás de si um silêncio tenso, nada comparado à harmonia de minutos antes. Quando a porta se fechou, Farias se manifestou:

– Pronto. Agora fodeu tudo...
– Não se preocupe, Henrique, ele volta, manso como um carneirinho. Ele sabe que pisou na bola... Você viu como o Davi encarou ele? Bravo nosso menino, hein?
– Às vezes ele é bravo demais pro meu gosto...
– Qual é, Farias! O cara vem pra cima de mim cagando autoridade e você quer que eu fique calado? O cara nem me conhece e já vem com um exercício barato de poder: "olha como eu sou superior a você, seu bostinha de periferia". Ele que vá tomar no cu dele!

A campainha tocou novamente.

– Como eu disse, ele voltou. Vê se se acalma, Davi. Não se esqueça de que nós precisamos dele... Vai lá abrir a porta, Henrique.
– Esqueceu alguma coisa?
– Não, não esqueci nada. Dá licença... Peço desculpas, Vânia. Acho que extrapolei...
– Não é a mim que você deve desculpas.
– Tá certo. Desculpa, rapaz. É que esse caderno pode ser uma prova robusta para incriminar o suspeito.
– Tô ligado e posso lhe garantir que é. Vocês vão ter o caderno. Mas quem vai entregar é a Tamires, o caderno é dela. Por isso, acho bom você ajudar a gente no resgate.

– Eu vim aqui pra isso.
– Ainda bem que se lembrou! Não gostei nem um pouco do jeito como você tratou meu hóspede.
– Já pedi desculpas.
– Gostaria de lembrar você de que resgatar a moça só dá mais força para as acusações que vão fazer contra o meu chefe.
– Tá bom. Vamos então ao que interessa. Antes, só me resolve uma dúvida, Davi. No B.O. da delegacia a que tive acesso, tem várias vezes a citação de um besouro. O que tem a ver o besouro com o pedaço do brinco?
– Tudo a ver. Foi o besouro que achou a pedra.

23

Machado contou que, durante a semana, ele e mais dois colegas da P.F. montaram uma campana no sítio de Pirenópolis com o objetivo de ver a movimentação na casa, uma possível rotina e evidências de que ali funcionava um cativeiro. Dessa investigação, trouxe várias informações que poderiam ser úteis, mas, para que pudesse atuar de maneira mais efetiva, precisava de confirmação de que realmente Tamires estivesse lá, o que não conseguiu.

– Nessa campana vocês não foram vistos?
– Não.
– Tem certeza?
– Ô cara desconfiado esse seu amigo, hein, Farias? Tenho certeza sim. A topografia do terreno favorece. A estrada que passa pelo sítio fica acima. Mais abaixo da entrada, uns cem me-

tros, ficam a casa, a piscina, a quadra de tênis e a casa do caseiro mais longe. A gente observava de cima, portanto, com binóculo e máquina fotográfica, e se havia movimento de alguém sair, o que aconteceu só uma vez com o caseiro, a gente tinha tempo para entrar no carro e se mandar.

– Então a casa fica numa baixada...

– Isso mesmo, Davi. Eu já estive lá e sei como é.

– Acho que tem um jeito de se certificar se a moça está mesmo lá. É através do caseiro. Ele vai toda quarta-feira até a cidade fazer compras para a semana, sempre às quartas-feiras. E vai sempre ao mesmo supermercado comprar principalmente carnes e mais arroz, feijão, produtos de limpeza, papel higiênico, essas coisas básicas. Ovos, frango e hortaliças eles produzem lá mesmo no sítio.

– Como você sabe tudo isso?

– A gente seguiu a caminhonete dele e depois nos informamos no supermercado. A gente é policial, tá lembrado?...

– Certo, desculpa... Continua.

– O caseiro é um sujeito de fala fácil, simples, e não acredito que esteja envolvido no sequestro. É só um caseiro. Se vocês se aproximarem dele, acredito que ele conta quem está lá.

– Isso deixa com o Davi. Ele sabe conversar com essa gente.

– O caseiro deixa comigo. Eu quero saber é dos caras que estão lá...

– São perigosos. Os dois andam armados de revólver. Pouco saem de dentro da casa e, quando saem, nunca os dois juntos.

– A Tamires está lá dentro, então...

– Nós acreditamos que não. A casa tem mais ou menos a for-

ma de um L maiúsculo invertido ou de um T faltando um pedaço. Tem a casa principal e uma ala com três ou quatro quartos...
– São três. Eu fiquei em um deles quando estive lá. São muito confortáveis, muito bem cuidados.
– Nós achamos que a moça está no último, sempre fechado, e onde um dos homens leva todo dia o café da manhã, almoço e jantar. É sempre o mesmo que leva. Vimos a mulher do caseiro fazer faxina nos outros quartos, mas naquele, não.
– Então o caseiro sabe que ela está lá. Ele está comprometido.
– Sabe-se lá que história os caras contaram pra ele. Pode ser que nem desconfie.
– E quando a gente vai lá?
– Confirmado o cativeiro, nós invadimos na sexta-feira. Tem que ser na sexta-feira, porque a gente quer coordenar com a ação em São Paulo em que vão prender o deputado. Assim, uma ação não atrapalha a outra.
– E você tem certeza de que o caseiro vai toda quarta?
– Tenho. A gente conversou com o gerente do mercado e uma moça do caixa, que conhecem o homem.
– E eles não desconfiaram de vocês assim perguntando?
– A gente sabe fazer isso, não se preocupe.
– É, mas eu não sei. Como é que eu vou me aproximar de um cara que eu nunca vi...?
– A Vânia e eu tivemos uma ideia para essa aproximação. Só que você vai precisar de coragem... Vai ter que entrar lá no sítio. Primeiro eu pensei que eu mesmo podia fazer isso, ou a Vânia. Mas achamos que você é melhor pra isso, não tem tanto o jeito

de burguês que a gente tem, o que facilita uma identificação com o homem. Mas se você quiser, eu vou...

– Tudo bem. Me meter em roubada parece que está sendo minha especialidade ultimamente... E a P.F: onde entra nisso?

– Como eu disse, depende da confirmação de que a moça está de fato lá. Tendo a confirmação, na sexta a gente invade e prende os caras.

– Não tem jeito de a informação vazar? Porque aí eles matam a Tamires.

– Não, com certeza não. Apenas eu e meus dois colegas aqui em Brasília sabemos; nem meu chefe sabe, porque o caso está na mão do pessoal de São Paulo. E só o chefe da operação lá está por dentro, e é ele que está me pressionando para conseguir o caderno. Eu fui designado aqui para dar apoio à operação, porque centralizei as pesquisas sobre a atuação do deputado por aqui.

– Então vocês estão informados sobre mim? Vocês andaram me investigando?

– Sabemos tudo sobre você. Mas não se preocupe. Você não é suspeito, a não ser de esconder o caderno...

– Que porra é essa, Farias! Você me entregou pros homens!

– Eu não. Quem entregou você foi a Tamires com aquela carta.

– Muito bem. Sabemos que você quer trocar o caderno pela vida da moça. Por isso vamos fazer o possível para salvar a moça sem comprometer você, como queria o pessoal de São Paulo.

– Eles queriam vir pra cima de mim?

– O que comanda a operação sim. Por ele, já teriam invadido a sua casa.

– Puta merda! Já não basta eu ter que encarar bandido armado, ainda tenho que me livrar da polícia... Faz o seguinte, Machado: fala pros caras lá que só quem sabe do caderno vermelho é a Tamires. Se eles querem o caderno, é preciso livrar a Tamires. Eu não posso ficar com mais essa preocupação. Preciso ficar focado no que está rolando aqui.

– Foi mais ou menos o que eu disse pra ele. Faz o que você tem que fazer e esquece São Paulo. Mas veja bem: vocês só vão ter esta chance. Se falharem, babau...

– Vocês? Você e seus colegas não estão nessa?

– Tá certo. *Nós* não podemos falhar.

– Uma pergunta:

– Fala, Farias.

– Tá valendo a ideia de usar o Paulo?

– Talvez seja melhor. Assim o Davi se familiariza com o ambiente.

Durante o resto da tarde, passaram e repassaram as ações dos próximos dias. Machado, ajudado por Farias, esboçou uma planta da casa, incluindo a piscina e assinalando o quarto onde provavelmente Tamires estava encarcerada. Também ligaram para uma pousada em Pirenópolis, próxima ao supermercado, reservando quartos para Farias e Davi, que iriam já na segunda-feira para lá. Na terça-feira, seria feita a aproximação com o caseiro e nisso entraria o Paulo. Quarta-feira seria o dia do reencontro de Davi com o caseiro. E se tudo desse certo, na quinta-feira, Machado e seus dois amigos iriam para lá, para efetuarem a prisão dos sequestradores e resgatarem Tamires. Não era um plano perfeito, porque havia aspectos fora do controle deles, e Davi percebeu isso. E não havia um plano B.

– Por que vocês não invadem logo o sítio e prendem os caras? Por que esperar até sexta-feira?

– Se a gente invadir o sítio e a moça não estiver lá, o máximo que a gente consegue é porte ilegal de armas, isso se os caras não tiverem porte de armas. Além disso, a gente ainda iria arrumar confusão com a Polícia Civil. Agora, se a moça estiver lá, a ação passa a ser um desdobramento da operação em São Paulo, e a gente acrescenta ao caso sequestro, coação de testemunha e obstrução de justiça, além de roubo, por causa das joias. E tem que esperar até sexta, porque a Federal de São Paulo vai agir nesse dia, que é quando a operação vai estar completa e é um dia que com certeza o deputado vai estar em casa. Então, paciência, e trata de fazer direito a sua parte.

Eram umas nove da noite, quando foram ao restaurante do Paulo comer uma pizza. Lá encontraram os dois colegas do Machado que atuariam na parte final do plano – isso se o plano desse certo. O ambiente do grupo era de cordialidade, sem nenhuma manifestação explícita sobre as ações da semana seguinte e, no fim da noite, Davi comentaria com Vânia que o Machado nem era o mala que pareceu quando o conheceu. Desta vez, nenhum besouro pousou na cerca de treliça.

24

Pirenópolis é uma cidade pequena encravada entre colinas de montanhas não muito altas, uma cidadezinha antiga de Goiás, relativamente próxima a Brasília, que se transformou em ponto de turismo, por seu clima ameno e pela tranquilidade do lugar. Muitas pessoas trocaram o agito de cidades grandes por essa tranquilidade, em busca de uma vida mais saudável e há na cidade várias pousadas e restaurantes que se enchem de turistas, que consomem as bugigangas artesanais das muitas lojinhas que há por lá, nas temporadas de férias. Também muitos artistas e artesãos instalaram seus ateliês e alguns, inclusive, comercializam suas obras em galerias de arte das cidades grandes. Como é comum nessas cidades, há um rio não muito largo de águas ainda não poluídas que corta a cidade e que em dias quentes recebe banhistas nos pontos em que as águas se acalmam e se espraiam.

Chegaram na cidade por volta do meio-dia e foram almoçar num restaurante que Farias considerava muito bom, antes de irem para a pousada relaxar. Só lá pelas cinco da tarde foram até o supermercado, onde Davi comprou escova e pasta de dentes, não porque precisava, mas porque queria se aproximar dos funcionários, o que conseguiu, ao se mostrar simpático e divertido com a moça do caixa e depois com o homem que deveria ser o gerente ou o dono do supermercado. Esse intuito de se tornar conhecido e elogiar as qualidades da cidade para os já quase íntimos funcionários seria repetido na terça e na quarta, preparando a aproximação com o caseiro, o que lhe custou bolachas e outros supérfluos que justificaram suas idas ao lugar.

Somente no dia seguinte dariam seguimento ao plano, e no resto da tarde e à noite, passearam pela cidade. Davi aproveitou para comprar bugigangas para presentear sua mãe, coisas de que sabia que ela gostaria, como panos de prato, toalhinhas de mesa e uma fruteira, embora frutas fossem um alimento nem sempre comum no cardápio dos dois. Depois foram jantar, passear mais um pouco, e voltaram à pousada para dormir.

No entorno de Pirenópolis, há algumas fazendas de produção agrícola e de gado de leite; e muitos sítios, como o do deputado, de pessoas de posse, que querem e podem pagar por uma tranquilidade particular, mas nem todos com a infraestrutura que tem a propriedade do político. Seria um refúgio de luxo, mas agora, ao que parece, cumpria uma função bem menos nobre de servir de cativeiro. Para lá Farias e Davi rumariam na manhã de terça-feira, seguindo o plano definido no domingo.

Farias estacionou o carro pouco antes da entrada, e ficaram os dois observando com os binóculos emprestados por Machado as movimentações na casa e arredores. Assim, viram a mulher do caseiro entrar e depois sair da casa, um dos homens se dirigir ao possível quarto onde Tamires estava trancada, e o caseiro entrar e sair de um cômodo ao lado dos vestiários, trazendo apetrechos em direção à piscina. Como relatou o Machado, essa era uma atividade diária do caseiro, a de recolher as folhas de árvores próximas e os insetos que caíam na piscina. Só quando ele iniciava a limpeza, voltaram para o carro e estacionaram em frente ao portão de entrada, para que ficassem bem visíveis. Era preciso que o caseiro visse o que viu: Davi saindo do carro, abrindo o portão e se dirigindo a ele acenando com a mão direita.

– Bom dia!
– Bom dia...
– Será que o senhor podia me dar uma informação?

– Se eu puder ajudar...

– Eu e o meu amigo estamos procurando o sítio do Paulo, não sei se o senhor conhece...

– Não precisa me chamar de senhor...

– Obrigado. O Paulo é dono de um restaurante em Brasília. A gente está rodando por essas estradinhas já faz mais de hora e meia e não conseguimos achar. Chama-se Sítio Beija-Flor, você conhece?

– Conheço sim. Não é longe daqui.

– O que foi, Alcino? Quem é esse aí? – era um dos homens falando da varanda da casa.

– O moço tá perdido, pedindo informação, doutor.

– Bom dia, senhor. Só pegar a informação e vou embora. Então, onde fica o sítio? – O homem entrou na casa.

– O moço falou sítio do Paulo e eu não atinei na hora. Mas Sítio Beija-Flor eu sei sim. Só agora tô lembrando que o dono chama Paulo. Presta atenção, moço, que o caminho é cheio de vai pra lá, vira pra cá... Quem num conhece pode se perder muito fácil...

– Eu tenho boa memória. É só falar que eu guardo. Se o Paulo tivesse falado pra mim em vez de pro meu amigo, a gente não estaria perdido.

– Você conhece o Paulo?

– Conheço, mas quem conhece mesmo é o meu amigo que está no carro. Ele é amigo do Paulo, come sempre no restaurante dele, e quando ele soube que a gente ia passar uns dias de férias em Pirenópolis, ofereceu o sítio pra gente passar um dia, ou até mais, se a gente quiser.

– Vocês estão na cidade?
– É. Eu, meu amigo e a mulher dele.
– A mulher dele tá no carro?
– Não, ela ficou na cidade, que queria fazer compras. Só eu e meu amigo decidimos conhecer o sítio. Se for bonito e bem cuidado que nem este aqui, vai valer a pena.
– Olha, é bonito sim, mas não que nem este...
– Você já foi lá?
– Eu conheço tudo por aqui, moço... E depois, vocês voltam pra cidade...
– Isso. No fim da tarde. Depois a gente volta pra pousada. A gente está hospedado na Pousada da Kátia, conhece?
– Conheço sim. Fica perto do mercado onde eu faço compras.
– Então... como é o seu nome?
– Me desculpe, nem me apresentei. É Alcino.
– Muito prazer, Alcino. O meu é Davi. Então: como eu chego lá?
– Presta atenção, Davi. Você segue na direção que seu carro tá imbicado. Vem uma entrada do sítio vizinho, depois outra, depois a terceira, tudo à sua esquerda. Depois do terceiro sítio, tem uma estradinha. Entra nela à esquerda e segue, segue, e vai cruzar com outra estradinha, depois mais outra estradinha e na terceira estradinha, vira pra direita. Anda mais um quilômetro, um quilômetro e meio e já vai ver placa à sua esquerda avisando que está chegando no Sítio Beija-Flor. São duas ou três placas, não lembro direito... Acho que são duas, porque a terceira já é a do sítio. Guardou bem ou quer que eu repita?

– Não precisa. Eu guardei bem. Muito obrigado, viu, Alcino. Obrigado mesmo! Ô Alcino, se não fosse abusar da sua bondade, será que você podia me arrumar um copo de água? A gente está rodando já faz tempo e esse calor me deu sede...

– Espera aí que eu vou lá dentro buscar.

Enquanto o caseiro entrava na casa para pegar água, Davi aproveitou para olhar mais atentamente o lugar e localizar o quarto em que provavelmente Tamires estava. Os dois homens apareceram na varanda e Davi os cumprimentou com um aceno de cabeça e um sorriso que ele pretendia que parecesse de ingenuidade e simpatia. Apenas um dos homens correspondeu e era justamente o que carregava um revólver na cintura, que Davi viu, mas fingiu que não. O caseiro voltou com um copo de água.

– Humm, que água boa, fresquinha...

– É do poço artesiano que tem aqui.

– Muito obrigado. Obrigado por tudo, pela informação, pela água; e me desculpe tirar você do seu serviço...

– De nada, moço.

Novamente acenou a cabeça e sorriu para os dois homens que permaneciam em pé na varanda; acenou com a mão direita em sinal de despedida, mas não foi correspondido. Subiu a ladeira que levava ao portão de entrada, cercada de azáleas sem flor, em direção ao carro, onde Farias o aguardava ansioso pela demora.

– Demorou!

– Uai... Não era para eu me aproximar do homem? Ele é bom papo. Se eu quisesse podia ficar a manhã inteira conversando...

– Você viu alguma coisa de interessante?
– Vi os homens; um deles estava armado. Os caras são grandes, Farias! Se tiver que sair no braço, a gente tá fodido!
– Acho que não vai precisar...
– Você está com o mapa do Paulo aí? O caminho é complicado... O caseiro me explicou, mas não decorei...
– Está no porta-luvas. Vai me guiando...
De fato, o sítio do Paulo era bonito, mas nada comparado com o outro. Mais rústico, sem piscina e quadra de tênis, uma casa sem a aparente sofisticação do sítio do deputado. Mas tinha uma lagoa, formada pelo represamento de um córrego que passava por lá, onde Paulo introduziu peixes bons de pesca. E pescar foi o que eles fizeram antes do almoço de comida caipira servida pela mulher do caseiro. Após o almoço, resolveram dar um cochilo nas redes da varanda, antes de voltar para Pirenópolis, o que aconteceu depois que Davi foi despertado por um besouro que pousou em seu peito na parte desabotoada da camisa.

25

Já às oito horas da manhã de quarta-feira, Davi estava parado em pé na passagem cimentada em frente à Pousada da Kátia, esperando o caseiro. Dali podia ver a movimentação na frente do supermercado, nem tão "super" assim, feita de pessoas que entravam e depois saíam com sacolas de compras, algumas seguindo pela rua, outras em direção a seus carros estacionados no estacionamento em frente. O supermercado (nem tão super) ficava do outro lado da rua, quase em frente, mais à direita do ponto em que ele observava o movimento, à espera de que se aproximasse a caminhonete e depois estacionasse numa das vagas, a mesma caminhonete que ele havia visto no dia anterior próxima ao carro preto, ao lado da casa do sítio do deputado. Por ser um veículo de modelo antigo, deduziu que seria aquele a ser usado nas saídas do caseiro.

Farias provavelmente ainda estaria dormindo, ou, se tivesse levantado, deveria estar aproveitando o completo café da manhã, em que se ofereciam frutas, queijos, ovos, presunto, pães e bolos, além, óbvio, de sucos, café, leite e manteiga. Um pouco depois das nove, ainda com cara de sono, juntou-se a Davi.

– Bom dia. E aí, nada do homem?

– Até agora nada. Bom dia.

– E se ele não aparecer?

– Por enquanto continuo acreditando na informação do seu amigo da P.F. Se ele não aparecer, vou ter que arriscar e voltar lá. Mas o caseiro me pareceu homem de seguir rotina. Ele deve aparecer. Acho que não seria bom que ele nos visse juntos. Ele pode reconhecer você de quando esteve lá...

– Pode deixar. Assim que ele aparecer, eu entro.

E ficaram os dois conversando, sem que Davi tirasse os olhos do estacionamento do mercado (quase super). De comentários sobre a cidade, a conversa foi para a pequena viagem do dia anterior, para a ótima comida caseira no Sítio Beija-Flor, bem melhor que o jantar à noite no restaurante. Conversaram sobre a pescaria de tilápias e pacus, numa disputa entusiasmada de quem tinha pescado o maior peixe, quando Davi interrompeu bruscamente:

– Vai, se manda que o cara está chegando.

– Tá. Vai lá e boa sorte.

– Vou esperar um pouco, até que ele faça as compras. Quero que ele preste atenção em mim e não no que falta comprar. Olha, ele está estacionando...

– Capricha, Davi...

– Deixa comigo. Até mais.

Farias entrou e Davi viu o caseiro descer da caminhonete, espreguiçar-se e lentamente dirigir-se à porta de entrada. Antes de entrar, tirou do bolso um papel que deveria ser uma lista de compras. Parou, conferiu a lista e entrou no supermercado (nem tão super, como já se disse). Atento, Davi observou todos esses movimentos, olhou a hora no celular – 9:35 – e calculou que uns dez, doze minutos seriam suficientes para que o homem pusesse no carrinho boa parte do que foi comprar. Pacientemente esperou o tempo passar e às nove e quarenta e quatro saiu pelo portão da pousada, atravessou a rua e entrou no mercado (quase super) em direção à gôndola de salgadinhos que planejou comprar para justificar o encontro "ocasional" com o caseiro.

Pegou o pacote de chips e ficou, sem ser visto, observando o caseiro em frente ao balcão do açougue, no fundo do mercado (nem tão super) recebendo carnes embaladas em plástico do açougueiro que atendia a seus pedidos. Certamente as carnes eram a última compra, a julgar pelo carrinho já cheio de outros produtos. Calculou qual seria o corredor por onde ele viria em direção ao caixa e posicionou-se de modo a propiciar um encontro "inesperado".

– Opa! Olha quem eu encontro! Como vai, Alcino! Tudo bem?

– Tudo bem, Davi, tudo bem! Vim fazer as compras da semana.

– Pelo carrinho cheio, parece que vocês vão passar bem!

– É que agora, com gente na casa, gasta mais, né. E aí, encontrou o sítio ontem?

– Encontrei sim. Com a sua orientação não teve erro. Mais uma vez, obrigado. E você tinha razão, o sítio do Paulo não é tão bom quanto o seu.

– Meu... Quem dera que fosse meu...

– Tá certo, o sítio em que você trabalha. Mas o sítio do Paulo tem uma coisa boa que o seu não tem. Tem um lago bom pra pescar.

– Você pescou?

– Se pesquei! Peguei um monte de peixe, até um pacu de uns três quilos!

– Tá brincando...! Isso aí deve ser história de pescador.

– Verdade, Alcino! Se tinha ou não tinha três quilos, eu não sei, porque não pesei. Mas que era grande, isso era! Baita trabalho puxar o bicho pra fora!

– Você só pegou esse?

– Não, peguei outros e umas tilápias graúdas também.

– E o que você fez com os peixes?

– Devolvi pro lago. A gente pescou do tipo pesca e solta. Não tinha como preparar pra comer, né... Aí, a fila andou, chegamos no caixa...

– Vai você primeiro, que só tem esse pacotinho aí.

– Obrigado, Alcino. Oi, Beth, tudo bem?

– Tudo bem, Davi. É só isso hoje?

– Só isso, Beth. Isso aqui vou comer hoje à noite, assistindo televisão. Aí, Beth; atende bem meu amigo Alcino...
– Não se preocupa, Davi. Ela sempre me atende bem.
– Vai passando, Beth, que eu vou empacotando as compras do Alcino.
– Não precisa não. Deixa que eu faço isso...
– Não me custa nada, amigo. Se não fosse você, eu estaria até agora procurando aquele sítio. Uma mão lava a outra. Dá mais algumas sacolas pra mim, Beth.
– Olha o rapaz! Empacota direitinho. Até parece empacotador.
– É que eu observo como os empacotadores fazem.
– Ele tem boa memória, viu Beth. Guarda tudo de cabeça. Vê aí quanto foi o prejuízo hoje.
– Eu ajudo você a carregar as sacolas. Qual é o seu carro?
– É aquela caminhonete velha parada ali fora. Tá bom, vai levando enquanto eu pago.
– Pronto. Já está tudo na carroceria. Ô Alcino, me deixa pagar uma cerveja pra você. Assim a gente continua proseando mais um pouco... Me permita essa gentileza...
– Tá bom. Mas não posso demorar muito, que se demorar, a minha mulher estranha. A gente vai naquele bar ali embaixo?
– Naquele mesmo, Alcino.
– Então, antes, deixa eu pôr as compras na cabine. Vai que um espertinho vem aqui e pega...
– Certo. Eu vou passando as sacolas e você vai pondo aí dentro.
– Tá cabendo tudo direitinho. Acho que até depois vou dei-

xar aqui mesmo. Acabou?
– Esta foi a última. Vamos então?
– Vamos lá, Davi... Será que em vez da cerveja podia ser uma cachacinha? Eu não sou muito de cerveja, cerveja me estufa... Mas uma boa cachaça eu não rejeito. E aí nesse bar eles têm a Cachaça do Ministro que é de primeira! É um pouco mais cara que as outras, mas vale o que custa. Pode ser?
– Claro, Alcino. Pode ser sim!
– Você gosta de cachaça também?
– Eu não bebo, Alcino. Nem cachaça, nem cerveja, nem nada de álcool. Vou beber guaraná, se você não ficar injuriado...
– É, você me parece um moço bom. Você é estudante, não é?
– Sou sim. E sou de família pobre, como você. E prezo muito uma boa amizade. Por favor, vê uma Cachaça do Ministro aqui pro meu companheiro e um guaraná pra mim. Vamos sentar ali na mesa, Alcino? Você quer um tira-gosto?
– Precisa não. Só vai estragar o apetite...
– Você arranjou um lugar bom pra trabalhar, não é?
– Pra falar a verdade, não fui eu que arranjei o emprego. Foi a Lila.
– Lila?
– É como eu chamo a Elizete, minha mulher. Ela cozinhava pro patrão em Brasília e ele ofereceu pra ela vir trabalhar aqui e me contratou pra cuidar da propriedade. A Lila cozinha muito bem, tem que ver. Agora ela cuida da comida e da casa e eu cuido da parte de fora, da horta, da criação, das plantas e tudo mais...
– E cuida muito bem pelo que eu vi... Aqueles homens que

eu vi lá são os donos?

– Não. Aqueles são o doutor e o enfermeiro. Só estão hospedados lá.

– E aí, tá boa a cachaça?

– Nossa! Boa demais! Posso pedir mais uma?

– Opa! Pode sim! Só fico preocupado que depois você vai dirigir...

– Que é isso, Davi! Pra me derrubar precisa de pelo menos uma garrafa! Não é uma dose que vai me fazer trançar as pernas...!

– Por favor! Me vê mais uma dose da cachaça aqui. Mas aqueles dois, então, só estão passando férias...

– Não, não. Estão trabalhando. Eles ficam cuidando da moça que está entrevada no quarto dos fundos.

– Então tem uma moça hospedada lá... Mas se eles não são os donos, quem é o dono? Deve ser um cara cheio da grana, pra ter uma propriedade daquelas...

– O dono é um deputado de São Paulo. E deve ser rico, porque tudo na casa é de primeira. Só aquela quadra de tênis, que quase ninguém usa, imagina quanto custa...!

– E a moça que está lá é parente dele?

– Ele disse que é sobrinha...

– Ele vem sempre visitar ela?

– Vem nada! Só veio no dia que trouxeram ela, coitada. O médico e o enfermeiro carregando ela, zonza, zonza, só vendo... A coitada não conseguia nem falar direito, só olhou pra mim com uma cara de dar dó...

– E ela é bonita?

– Nossa, bonita demais, só você vendo! Uma pena uma moça bonita daquele jeito assim doente...
– Que história triste, Alcino... Você sabe o que ela tem?
– Eu não. O doutor e o enfermeiro não querem saber de prosa comigo. E não deixam a gente entrar no quarto dela nem pra limpar! Quem faz a limpeza é o enfermeiro, que entra lá duas vezes por dia pra dar injeção nela...
– E o médico? Não entra também?
– Entra, às vezes uma vez, às vezes duas, sempre antes do enfermeiro. Fica lá dez, vinte minutos e sai. Sempre quieto.
– E o deputado? Não falou nada pra você?
– Falou. Falou pra mim e pra Lila cuidar do doutor e do enfermeiro, mas que não era pra gente entrar no quarto da moça.
– Só isso?
– Falou que era sobrinha dele, que estava doente e precisava de repouso e que só quem podia cuidar dela eram os dois. E falou uma coisa esquisita pros dois, que eu ouvi. Ele disse que se um deles encostasse a mão na sobrinha dele, que ele matava. Agora me diz, Davi: como um médico não vai pôr a mão no doente? Como um enfermeiro vai dar injeção sem encostar a mão?...
– Esquisito mesmo, Alcino...

Davi já havia conseguido a informação que queria. Então procurou desviar o rumo da prosa para os serviços dele e da Elizete, mas logo deu um jeito de lembrar o caseiro de que precisava levar as compras, antes que ele pedisse outra dose de cachaça. Acompanhou-o até a caminhonete, orientou a ré e despediu-se efusivamente do amigo, pensando que certamente o veria de novo na sexta-feira. Só quando a caminhonete estava longe, atravessou a rua, ansioso para contar ao Farias sobre a confirmação que buscavam, e nem ouviu, ansioso que estava, um carro que passou por ele com o som alto tocando *A Hard Day's Night* dos Beatles...

26

Se Davi estava ansioso para relatar a Farias sua exitosa conversa com o caseiro Alcino, Farias estava muito mais, andando de um lado pro outro no pátio interno da pousada, à espera do amigo. Assim que o viu, Farias veio em sua direção, em passos rápidos e nem se preocupou com as mulheres que tomavam sol nas espreguiçadeiras ao lado da piscina.

– E aí, deu tudo certo?

– Deu.

– Depois você me conta os detalhes. Tenho um assunto muito urgente pra conversar com você. Vamos ao meu quarto.

Davi não entendeu muito bem a pressa com que Farias andava em direção ao quarto que dava frente para o jardim interno da pousada, ao lado da piscina; mas o seguiu em silêncio. Já no quarto, manifestou-se:

– Que pressa é essa, Farias... O que é tão urgente assim...?

– Mudança de planos. A ação vai ter que ser amanhã.

– Não é mais sexta?

– Não, é amanhã. O pessoal em São Paulo descobriu que o deputado está se preparando para viajar para o exterior na sexta-feira e decidiu agir amanhã, às nove horas da manhã.

– Acho bom. É um dia a menos que a Raquel fica na mão daqueles filhos da puta.
– Queria ter a sua tranquilidade...
– Se tem que ser, que seja logo.
– Não gosto de mudanças de plano, me deixa inseguro... Ainda bem que você confirmou que ela está lá... Ela está, não está?
– Está. Quer saber como foi a conversa?
– Depois. Antes deixa eu ligar pro Machado.
– Foi o Machado que lhe contou?
– Foi. E disse uma coisa preocupante. O pessoal de São Paulo desconfia que a operação vazou.
– Puta merda! Então a Raquel está correndo muito perigo!
– Machado? (...) Tudo certo, Machado, a moça de fato está lá, o Davi confirmou. (...) Não se preocupe, eu reservo. Ainda é começo de temporada e tem quarto disponível, eu já vi isso. Só uma diária, né? (...) Tudo bem, até mais, então.
– Os caras estão vindo pra cá?
– Estão. Devem chegar depois das duas. Vamos comigo lá na recepção pra eu fazer as reservas dos quartos deles. Depois você me conta a conversa com o caseiro.

E depois contou, minuciosamente, não se esquecendo nem mesmo da Cachaça do Ministro. Mas agora a intranquilidade de Farias era também dele, preocupado com a vida de Raquel em risco. Por isso, quando Machado e os outros dois policiais chegaram, tentou convencê-los a ir naquela tarde mesmo prender o falso médico e o pseudoenfermeiro e resgatar logo Tamires, a sua Raquel.

– Calma, Davi! Não é assim que trabalhamos. Essa ação vem sendo planejada há meses. Já houve uma alteração de planos, quando incluímos esse regate à operação em São Paulo. Agora tivemos que antecipar um dia. O que você quer? Que eu ligue pra São Paulo e diga para os companheiros lá que saiam correndo e prendam já o bandido, por que você quer logo salvar a mocinha?

– Sei lá o que você tem que fazer, porra! A mocinha está em perigo! Seja você o mocinho! Mas faz alguma coisa, ou eu vou fazer sozinho!

– Ah, não vai não! Não vai estragar mais ainda a operação!

– Mas que porra! Eu não sabia que a polícia era assim tão cheia de burocracia!

– Não é burocracia. É planejamento.

– Belo planejamento que permite que alguém de dentro avise o criminoso de que vão prendê-lo...

– Infelizmente esse deputado tem muitos amigos na polícia...

– E então: você vai comigo ou vou ter que ir sozinho?

– Não vou e você também não vai. Você sabe atirar?

– Nunca peguei numa arma. Você me ensina.

– Pois fique sabendo que aqueles dois que estão lá são dois ex-policiais da PM, que foram afastados da corporação por serem violentos demais. É gente ruim! São guarda-costas do deputado. É gente com mortes no currículo. Você não vai ter a menor chance com eles. Mesmo nós, que somos treinados, temos que ser muito cuidadosos com eles, pegar os dois de surpresa. Por isso faça o favor de não atrapalhar. A ajuda que você tinha que dar você já deu. Agora é com a gente.

– Tudo bem, tudo bem. Mas por que a gente não pode ir agora?
– A gente? Quem disse que você vai participar?
– *Eu* estou dizendo!
– Pois *eu* digo que não vai. Ô, Farias! Vê se controla esse cara!
– Se eu conheço bem o Davi, só se você algemar... Ô, Davi!... se controla, porra! Se o deputado está sabendo, já deve ter avisado os caras. E se a gente vai lá hoje ou amanhã, dá na mesma...
– Se dá na mesma, vamos hoje, então!
– Me deixa explicar pra ele mais uma vez, Farias. Existe o risco, pequeno, mas existe, dos caras perceberem que estão sendo atacados e darem um telefonema pro deputado avisando. Isso dá chance pro deputado fugir e fode a operação em São Paulo. Tem que ser ao mesmo tempo aqui e em São Paulo, sacou?
– Eu já entendi isso faz tempo. Mas o meu problema é a moça, que está lá sendo dopada todos esses dias. Claro que eu quero que esse deputado reaça do caralho seja preso. Mesmo que, como todo político, não fique preso por muito tempo. Só ele ser cassado e ferrar a carreira política corrupta dele já é uma vitória. Mas tem a moça, Machado...
– Você me desculpe, Davi, pelo que eu vou dizer. A moça entrou nessa porque quis. Ninguém pediu a ela pra transar com o deputado. Ela não é nenhuma santa não. Eu sei que você gosta dela e ela de você, a ponto de entregar pra você o tal caderno. Mas eu não vou pôr em risco uma operação trabalhada em muitos meses por causa dela. E você devia agradecer, porque, se não fosse a gente, você nem teria a menor ideia de onde ela

está. Não é?

– Isso é verdade. Às vezes vocês fazem alguma coisa que preste. Mas quem disse que o caderno está comigo?

– Foi o Farias.

– É, o Farias cismou que está comigo. Também, se está ou não está, não interessa agora. Que horas a gente vai amanhã?

– Já disse que você não vai.

– Vou sim! Não vou participar da prisão dos caras, que não sou besta de enfrentar bandido armado. Isso é tarefa de polícia, tarefa de vocês. Mas quero estar por perto, quando vocês libertarem a moça. E também gostaria de conversar com o caseiro, coitado, que não tem nada a ver com essa treta toda.

– Está bem. Mas você e o Farias ficam na estrada. Se por acaso der ruim, vocês se mandam e chamam a polícia daqui. Mas há de dar tudo certo... Você também quer ir, Farias?

– Quero sim. Mas quero ficar longe do tumulto.

– A ação vai ser às nove em ponto, aqui e em São Paulo. A gente sai às oito e vinte da pousada. Estejam prontos.

No resto da tarde, numa mesa do mesmo bar em que o Alcino bebeu a Cachaça do Ministro, ficaram bebendo os cinco, jogando conversa fora, os policiais bebendo cerveja sem álcool, para não atrapalhar o vigor físico. Davi bebendo guaraná. Só Farias bebeu cerveja normal. Essa conversa descontraída com os policiais contando as façanhas de outras ações de que participaram, por vezes com bom humor, serviu para Davi relaxar, aceitando a sequência definida do plano.

Mas, à noite, sozinho em seu quarto, a tensão voltou e sentiu que, se de alguma forma não se acalmasse, teria uma longa noite de insônia. Foi então sentar-se num banco, no jardim próximo à piscina iluminada, sob um caramanchão de trepadeiras floridas. Por sua cabeça, passavam imagens do dia, alternadas com lembranças de Raquel e a tentativa de imaginá-la prostrada numa cama daquele sítio. Ninguém, além dele, no calor ameno da noite ali no jardim. E a preocupação parecia crescer, até que um besouro veio voando em direção a ele e pousou na coxa, próximo ao seu joelho direito. Com ternura, acariciou a dura carapaça negra das costas do bicho e assim ficou, dedo indicador direito suavemente acariciando, por uns três minutos, até o momento em que sentiu que o besouro manifestava desejo de voar, o que de fato fez, seguindo sua vida de poucas funções de besouro. Agora estava calmo e foi dormir.

27

Acostumado a levantar-se cedo, acordou dez minutos antes do despertador do celular tocar às seis horas. Queria tomar um banho, não só por higiene, mas porque a água morna e farta daquele chuveiro o acalmava. E era como se cumprisse um ritual de purificação, a água levando para o ralo, além da espuma do xampu e do sabonete, as tensões da véspera, a ansiedade, o medo e as desconfianças. No cuidado com que se barbeou, aspergiu no rosto a loção pós-barba e penteou os cabelos, era possível notar o empenho em sentir-se limpo, puro e íntegro, completado pela escolha das roupas limpas que usaria naquele dia que se iniciava.

Fazia parte deste ritual de preparação para enfrentar os

acontecimentos potencialmente difíceis, talvez dramáticos, daquele dia, que se alimentasse bem, que incorporasse a energia da terra, da água e do sol, materializada em frutas, pães, queijos, manteiga, leite e café que ali estavam em oferta farta para ele no refeitório. Com calma, saboreou esses alimentos, sentindo seu corpo revigorar-se, e quando os outros chegaram, primeiro os três policiais e depois o Farias, ele já tomava seu cafezinho, último item de sua refeição matinal. Permaneceu, entretanto, com os companheiros das ações que mais tarde aconteceriam, e todos notaram seu semblante sereno, diferente do jovem impulsivo do dia anterior. Mais uma vez os cinco revisaram passo a passo as atuações de cada um, enquanto os quatro se alimentavam: os três policiais iriam em duas viaturas da PF; Farias e Davi, no carro de Farias. Estacionariam próximo ao portão do sítio e dali os policiais sairiam para efetuar as prisões, enquanto Farias e Davi ficariam observando de binóculos a ação dos três acontecer.

Faltavam sete minutos para as nove horas quando chegaram ao sítio. Sem alardes, os policiais colocaram seus coletes à prova de balas, pegaram armas e algemas e foram em direção à casa que estava com a porta da entrada principal aberta. Farias e Davi observavam de longe, parados na estrada, mas Davi não punha seu foco de visão na porta da casa, como Farias. O que olhava? Procurou e achou Alcino cuidando da horta e depois deslocou o foco do binóculo para o quarto onde Raquel estava encarcerada e o que viu provocou-lhe um sobressalto no peito que lhe fez tremer ligeiramente as mãos: o enfermeiro se dirigia para lá levando alguma coisa na mão direita, provavelmente uma seringa de injeção. E sua reação foi imediata, provocando a manifestação assustada de Farias:

— Aonde você vai, Davi?!

Mas não pôde impedir Davi, que, deixando o binóculo no chão, corria ladeira abaixo, no momento em que os três policiais adentravam a sala da casa. No pouco tempo que durou essa tresloucada corrida, Davi seguiu sua intuição de que Raquel estava correndo grande risco, se não chegasse a tempo. Por isso corria na velocidade máxima que conseguia. Da horta, Alcino viu, sem entender, seu amigo correndo; e de cima, na estrada, Farias, atônito, paralisado, sem saber o que fazer, apenas olhava, e viu Davi subir no ar, as duas pernas encolhidas se distenderem rápidas e os dois pés em direção à porta num violento impacto capaz talvez de derrubá-la.

Mas Davi nesse momento não raciocinava e muito menos avaliava as possíveis consequências de sua reação em defesa de Raquel. Quase que agindo apenas por instinto, sentiu que era isso que precisava fazer: meter os pés na porta, enfrentar o "enfermeiro" e resgatar Raquel. Só não contava que a porta estivesse apenas encostada e ao estrondo da violenta voadora que deu, seguiu-se outro da porta batendo na parede do quarto e voltando sobre ele, o que o desequilibrou e fez com que caísse sentado no chão. O inusitado e inesperado ruído provocou um susto no homem com a seringa de injeção na mão direita. E enquanto Davi se ajeitava para levantar-se o mais rápido que conseguia, viu que o "enfermeiro" passava a seringa da mão direita para a esquerda e que Raquel, com grande esforço, rolava sobre a cama para jogar-se ao chão no lado oposto ao que estava o "enfermeiro". Davi concentrou-se no oponente, agora seu inimigo declarado, e viu que ele levava a mão direita às costas para pegar o revólver que trazia lá. Antes que ele pudesse apontar a arma, Davi levantou-se num salto e segurou os dois pulsos do homem, o do braço direito cuja mão segurava o revólver e o do braço esquerdo, em que a mão segurava firmemente a seringa.

Mas aquela era uma luta desigual. Aquele homem era maior que ele, mais forte que ele, mais treinado para essas situações que ele, muito mais sem escrúpulos que ele, um homem que certamente carregava em seu currículo sujo muitas mortes e agressões desproporcionais, era um criminoso, que fazia como sua profissão o uso sem piedade de sua força, que faria qualquer coisa para livrar-se de atrapalhações de seus objetivos sórdidos, inclusive matar. Como ele poderia enfrentar esse homem de tanto poder maligno? Onde arranjaria forças para enfrentá-lo e subjugá-lo?

Alguns jornais noticiaram, tempos atrás, um acidente de automóvel ocorrido no interior do Paraná. Uma mulher capotou seu carro numa estrada, mas conseguiu sair do veículo relativamente ilesa. Só que seu filho, uma criança, ficou preso com uma perna sob o carro capotado. No desespero, a mulher levantou e desvirou o veículo e com isso pôde socorrer a criança, que teve apenas uma perna quebrada e algumas escoriações. Era uma mulher de compleição física normal e depois as pessoas se perguntavam de onde essa mulher tirou forças para remover o carro de cima de seu filho...

Davi precisava dessa força para se contrapor àquele pseudo-enfermeiro de revólver e seringa nas mãos. Ali, na verdade, precisava mais: precisava da coragem do Valcir, da determinação do Rogério, da persistência do Beto e da criatividade do Benito. Ali, quem tinha que atuar não era o estudante das Ciências Sociais, o futuro sociólogo. Era o sobrevivente da periferia, como aqueles todos que diariamente sobrevivem em lutas sempre desiguais, porque, ali, ele lutava não somente por sua vida, mas também pela vida de Raquel, pela vida de sua mãe, pela vida dos milhões de besouros como ele que lutam pela vida enfrentando sempre forças desproporcionalmente mais poderosas que as suas. E porque naquele momento se sentia portador dessa força que nem sabia que tinha, como a da mãe que ergue um carro para salvar o filho, ele conseguiu empurrar aquele homem contra a parede e meter-lhe uma violenta joelhada com toda sua força no saco do homem, que fez com que o brutamontes soltasse o que tinha nas mãos e caísse de joelhos a seus pés. Rapidamente pegou a arma e a seringa e foi assim, com a arma apontada para a cabeça do "enfermeiro", que o Machado o viu, quando entrou no quarto.

– Porra, Davi! Você é louco?!

– Vai, algema logo esse filho da puta. Depois você dá a bronca.

Só então, depois que o enfermeiro fake foi algemado, colocou a arma e a seringa sobre a cama e pôde atender ao sussurro que vinha do outro lado da cama, a voz quase inaudível de Raquel:

– Davi...

Com cuidado, segurou com a mão direita a cabeça de cabelos quase negros, de olhos baços e pálpebras baixas, de lábios descorados que se esforçavam por sorrir, nada além de um esgar tímido, e com a mão esquerda nas costas dela, num gancho carinhoso, a ergueu do chão de assoalho envernizado e a trouxe para junto do seu peito, como uma mãe que carrega o filho adoentado, contendo-se para não abraçá-la forte, como era seu desejo, apenas a força necessária para erguê-la e colocá-la em pé, como se quisesse restituir a dignidade que ela havia perdido, que lhe havia sido sonegada por aqueles falsos profissionais da saúde, um dos quais era agora empurrado para fora por Machado.

– Você carrega a moça?
– Deixa comigo.

Em plena manhã ensolarada, dois homens eram colocados na pequena cela na parte de trás de uma viatura da PF e um jovem trazia nos braços uma moça desfalecida sob uma estranha e inusitada revoada de besouros... Farias descia a rampa com pressa em direção a Davi, mas nem ele, nem ninguém, prestou atenção aos besouros, que seguiam, em seus voos, suas vidas de poucas funções.

28

Machado agora comandava as ações e indicou a Davi que colocasse a moça no banco de trás da outra viatura. Cuidadosamente a ajeitou deitada no banco e ela dormia serena, apesar da palidez do rosto. Talvez dormisse por horas, parecendo ainda dopada, e Davi pediu a Farias que fosse até o quarto, não mais cativeiro, pegar um travesseiro para ajeitar melhor a cabeça de Raquel, porque queria conversar com o Machado.

– Não entendo, Machado. Com ela grogue desse jeito, o cara ia dar outra injeção? Pra quê?

– Estou levando como prova os frascos do boa-noite-Cinderela que encontrei num dos quartos. Pelo que li rapidamente na bula, a dose que o sujeito ia dar dava pra fazer dormir um elefante. Se ele aplicasse aquela injeção, acho que a moça não acordava mais... Os peritos vão analisar, que eu guardei a seringa como prova. Mas acho que poderemos acrescentar, além de sequestro e cárcere privado, tentativa de homicídio doloso à pena desses dois. Rapaz, se você não vai lá e encara o sujeito, acho que agora a moça estava morta!

– E você me chamou de louco...

– Você é louco! Mas às vezes é bom ter um louco por perto pra ajudar a equipe... Como é que você conseguiu dominar um cara grande como aquele?

– Se eu contar que nunca saí no braço com ninguém, nem quando eu era pivete, você acredita? Não sei onde eu arranjei força. Nem sabia que eu tinha essa força. Mas ali era ou eu ou ele, e eu preferi que fosse eu. Quem vive na periferia, como eu, aprende a dançar conforme a música. E quando aparece uma treta, ou você se finge de morto ou encara. E ali não dava pra me fingir de morto... Machado, tem outra coisa que eu queria conversar com você. Vocês vão interrogar o caseiro e a mulher dele, não vão?

– Vamos sim.

– Você me deixa falar com eles antes? Eles não têm nada a ver com esse rolo, devem estar apavorados...

– Está bem. Mas vai logo, que eu quero voltar pra Brasília, e

precisamos levar esta moça pro hospital.
– Obrigado, Farias. Já vou ajeitar a cabeça da Raquel.
– Raquel? Mas não é Tamires o nome da moça, Farias?
– É uma história complicada, depois te conto.
– Já sei. Um dos dois é nome de guerra, não é?
– É. Tamires é nome de guerra...
– Pronto, já ajeitei. E o deputado: foi preso em São Paulo?
– Foi sim. Falei com o chefe em São Paulo, contei do sucesso da operação aqui, e ele me disse que o deputado caiu, ele e mais três do esquema dele.
– E agora? O que vai ser do caseiro?
– Sei lá, vai ter que arrumar outro emprego...
– Machado: tem alguma chance de eu comprar este sítio?
– Tá falando sério, Farias?
– Tô sim!
– Certamente isto aqui vai ser embargado, e daqui a não sei quanto tempo vai a leilão, e é ainda mais complicado, porque está em nome de laranja.
– Então, será que eu podia, enquanto se resolve esse rolo, cuidar da propriedade, pagar o caseiro, enfim, preservar, até para garantir o valor da propriedade...
– Não sei não... Mas eu posso ver o que dá pra fazer... Por que você quer este sítio?
– Mês que vem a Vânia entra em férias. Ela adora Pirenópolis. Passar as férias com ela aqui seria o máximo!
– Mas você tem grana pra bancar isto aqui?
– Calculo que eu tenha boa parte, pelo que eu imagino que vale. A outra parte minha família banca. Seria um bom presente

de casamento.

– Olha aí, Davi! O cara tá a fim de se amarrar!

– Tô sabendo. É uma bicha romântica. O primeiro gay hétero que eu conheço.

– Vai se foder, Davi!

– Meu caro Farias; se eu não me fodi hoje, acho que não me fodo nunca mais...

– Vai lá falar com o caseiro, vai. E fala pra ele que vai ter que depor em Brasília.

– Não dá pra vocês virem aqui? Vocês vão ter que voltar, fazer inventário, fotografar ou sei lá que coisas vocês fazem nesses casos. Daí aproveitam e tomam o depoimento deles...

– Acho que pode ser. Amanhã deve vir gente aqui. E Davi, fala pra eles não mexerem em nada. Ou melhor, pode deixar que eu mesmo falo.

O caseiro e a mulher estavam próximos à piscina, ela agarrada ao braço dele, os dois com caras assustadas com aquela movimentação inusitada.

– Como vai, Alcino? Tudo bem? A senhora deve ser dona Elizete... Muito prazer: Davi. Que confusão, hein, Alcino?

– O que aconteceu aqui, Davi? Quem são esses homens? O doutor Farias eu conheço, mas aqueles outros, não. Por que algemaram o doutor?

– Aqueles três são da Polícia Federal e esse doutor é tão doutor quanto você e eu. Ele e aquele que se dizia enfermeiro são dois criminosos muito perigosos, Alcino!

– Eu não falei pra você, Alcino, que aqueles dois eram gente muito esquisita? Não falei?

– Cê tava certa, Lila. E o que eles faziam aqui, Davi?
– Eles sequestraram a moça. Usaram o sítio de cativeiro.
– Não me diga uma coisa dessas!... Bem que eu via eles armados, mas eles diziam que era porque tinham medo de bandido. No fim, os bandidos eram os dois... Mas Davi... Quem trouxe os dois pra cá foi o doutor deputado...!
– O deputado está preso em São Paulo. Esses aí sequestraram a moça a mando dele.
– Mas não me diga uma coisa dessas!
– Pois é, Alcino. O deputado é que é o maior bandido. Está sendo preso por um monte de crimes.
– E a gente? O que acontece com a gente, seu Davi?
– Primeiro, vocês vão prestar depoimento pra polícia. Não precisa ficar com medo, porque eles acham que vocês não têm envolvimento com o crime. Só falem a verdade, aquela história de que a moça era sobrinha do deputado. E depois, não sei. Acho que a polícia vai tomar posse da propriedade. Mas o Farias está interessado em comprar isto aqui. Ele fez uma proposta, e se a polícia aceitar, ele contrata vocês. Isso é melhor conversar com ele.
– Você é da polícia, Davi?
– Não, que é isso...! Eu sou amigo da moça desde criança. Eles precisavam de alguém para confirmar se ela estava mesmo aqui. Foi por isso que eu me aproximei de você. Aliás, muito obrigado por me dar a informação.
– Não tem que agradecer não. Se eu ajudei a prender esses bandidos, eu fico é contente. E também você me pagou a Cachaça do Ministro, né...

– Foi esse aí que pagou, Alcino?
– Foi.
– O Alcino falou muito bem do senhor!
– Sem essa de "senhor"... É só Davi. Então, Alcino. Amanhã deve vir alguém de Brasília tomar o depoimento de vocês. Eles pediram que vocês não mexam em nada. Deixa o quarto e a casa do jeito que está, não arruma nada, viu, dona Elizete.
– A piscina também?
– A piscina acho que pode limpar. Só não mexe na casa.
– Mas Davi, a moça está tão doente como chegou...
– Ela foi dopada. A coitada foi dopada esse tempo todo.
– Mas não me diga uma coisa dessas!... Que gente ruim!
– Bom, eu vou indo. Mais uma vez, obrigado, Alcino. Muito prazer, dona Elizete. Cuida bem do meu amigo, que ele é gente boa.
– Pode deixar...
– Espera aí, Davi.
– Que foi?
– Tem um besouro no seu ombro. Deixa que eu tiro.
– Não precisa não, deixa ele aí. Daqui a pouco ele voa...

29

Devidamente acomodada ao cinto de segurança, Raquel dormiu a viagem toda até Brasília. Farias ficou mais um tempo em Pirenópolis, para acertar-se com o caseiro e depois recolher as malas, pertences e fechar as contas na pousada. Na viatura, Davi foi com Machado e Raquel, respondendo ao interrogató-

rio do policial, até irritar-se:
— Porra, Machado! Para de me interrogar! Eu não sou suspeito de nada! Você não sabe conversar, não?
— Desculpa, Davi. É vício de trabalho... O que você quer conversar?
— Sei lá... Fala um pouco de você... Você é casado?
Não, não era. Aos poucos foi se descontraindo e no final da viagem já estava até contando piadas. O final da viagem foi num hospital, Raquel levada numa cadeira de rodas para uma avalição geral de seu estado físico. Só por instantes, antes de ser levada, abriu um pouco os olhos de pálpebras pesadas e esboçou um sorriso ao ver Davi.

Por sua vontade, Davi permaneceria no hospital, mas Machado o convenceu de que era inútil, depois que um médico apresentou um diagnóstico preliminar de que ela estava, além de dopada, desnutrida e desidratada, tendo que ficar internada pelo menos mais dois dias. E passaria por vários exames para que pudessem dar um diagnóstico definitivo. Ou seja, ele não teria o que fazer ali. Machado lhe informou que haviam reservado para ele um quarto num hotel e outro, no mesmo hotel, para Tamires, quando ela se recuperasse. E também que no dia seguinte iriam procurá-lo no hotel para que desse seu depoimento de como se envolveu no caso. Agora Machado conversava com ele mais como amigo do que como policial.

No caminho para o hotel, Machado informou que Tamires iria ficar sob vigilância constante de um policial, que não permitiria a visita de ninguém, a não ser do pessoal médico autorizado, porque havia o temor de que ela fosse ameaçada.

E que esse procedimento perduraria até que ela se recuperasse e desse seu depoimento, por ser considerada testemunha importante no caso. Portanto, ele não poderia visitá-la, enquanto estivesse internada. Davi quis saber de suas roupas e pertences, e Machado disse que Farias foi orientado a levar tudo para o hotel e que hospedá-lo em hotel não era nenhum procedimento para afastá-lo dos amigos ou uma punição, mas uma gentileza da polícia em agradecimento à sua colaboração.

– E as joias, Machado? Vocês sabem onde foram parar?

– Nós encontramos junto com a mala de um dos caras uma frasqueira cheia de joias, dólares, euros e outras coisas, inclusive os documentos dela. Tudo será devolvido a ela, quando estiver bem. Os caras disseram que era o pagamento deles pelo serviço. Davi, tem muita coisa valiosa lá! Os caras ficariam ricos!

– E o deputado? Confessou?

– Como sempre esses caras falam, ele diz que não cometeu crime algum. Mas nós temos testemunhas e até uma foto de celular do momento em que eles levavam a moça carregada para o jatinho, com o deputado na frente. E era a aeronave dele.

– Eles trouxeram a Raquel no avião do deputado?

– Isso mesmo. E vai ter o depoimento do caseiro, que prova que ele participou do sequestro e cedeu o cativeiro. Dessa ele não escapa. Só falta o tal caderno, que está com você, o que motivou o crime. Quando é que você vai entregar?

– Eu vou entregar para a Raquel. Se ela decidir entregar a vocês, será uma decisão dela. Acredito que ela vá entregar, como prova definitiva de colaboração com a polícia.

– Você leu o que ela escreveu?

– Li. Posso garantir que tem coisas bem comprometedoras, não só do deputado. Vem aí mais trabalho pra vocês. Mas não conto pra você nem sob tortura!

– Tudo bem, Davi. Acho que eu, no seu lugar, faria a mesma coisa. Mas e se ela não entregar?

– Bom, aí vocês prendem ela por obstrução...

– Deixa eu te contar outra coisa: sabe os dois sequestradores? Eles são policiais da ativa. Eles foram afastados, mas continuam na ativa, o que significa que foram cedidos ao deputado pela polícia de São Paulo.

– Então, o Secretário de Segurança está envolvido?

– A gente não descobriu nenhuma ligação direta com o crime, mas esse secretário foi indicação do deputado ao governador. No mínimo ele estava prestando um favor.

– Que coisa, Machado! Isso aí parece bosta: quanto mais mexe, mais fede!...

– Tem outra coisa, Davi. Você estava certo quando queria invadir o cativeiro na quarta. O deputado já estava sabendo da ação e só não se mandou, porque a aeronave dele precisou passar por uma revisão e ficaria pronta apenas na sexta. Ele deu a ordem para matar a moça. Os caras só não mataram, porque quiseram forçar um pouco mais, para ver se ela dizia onde estava o caderno, e se eles conseguissem a informação, ganhariam um prêmio extra do deputado. Aquela injeção que você impediu era mesmo para matar.

– Eles confessaram?

– Quando eles souberam que o deputado tinha caído, acharam que era melhor colaborar, para atenuar a pena.

– Quer dizer que mais um minuto que a gente demora, a Raquel estava morta!
– É isso aí. Se você não fosse louco, a moça já era...

No hotel, com todo o conforto de seu quarto, decidiu tomar outro banho, desta vez para se purificar da sujeira que o contaminou nas ações daquele dia. Curtiu por um bom tempo a água morna e farta que jorrava da ducha e depois vestiu roupas limpas. Agora se sentia em paz, essa paz que se sente quando se cumpre bem as obrigações. Deitou-se na ampla cama de casal, sem querer pensar em nada, até decidir ligar para a mãe e dizer que estava muito bem, que Brasília era uma cidade linda e que talvez ficasse mais uns dias. À noite, Farias e Vânia passariam no hotel para jantarem juntos e certamente repercutiriam os acontecimentos do dia, mas prolongando, com certeza, essa sensação de paz que o envolvia. Talvez, nessa noite, até os besouros ficassem em paz...

30

Claro, havia um clima de camaradagem no jantar, e os efusivos e excessivos relatos de Farias sobre a coragem de Davi chegaram a um ponto em que Davi protestou: "para de puxar meu saco, Farias! Que coisa chata!". Mas Vânia queria mais, queria detalhes, queria saber da luta com o bandido, da conversa com o caseiro, até concluir admirada:
– Você é um herói, Davi!
– Que herói porra nenhuma! Heroína é a minha mãe, que me salva há mais de vinte e três anos todos os dias. Só fiz o

que qualquer um faria no meu lugar. O filho da puta ia matar a mulher que eu amo! Tenho certeza de que o Farias também faria a mesma coisa por você.

– Você faria, Henrique?
– Talvez não com a mesma competência do Davi. Mas com certeza eu iria reagir.
– Obrigada, Davi! Você provocou a melhor declaração de amor que eu já ouvi. Te amo também, Henrique.
– Perto do sítio, isso não é nada, Vânia.
– Sítio? Que sítio?
– Porra, Davi! Era pra ser surpresa!
– Foi mal, Farias... Desculpa aí...
– Agora eu quero saber que sítio é esse!

Farias já acabava de contar sua ideia de arrendar ou comprar o sítio, com as devidas descrições do lugar e as respectivas manifestações de aprovação de Vânia, quando Machado chegou para se juntar ao grupo.

– E aí, Davi. Gostou do hotel?
– Vida de rico é boa, Machado. Quem não gosta...
– Vocês já jantaram? Tô com uma puta fome!
– Pede aí. A gente fica assistindo a você comer.
– Estou vindo do hospital...
– Como é que ela está?
– Está melhorando, já consegue falar. Perguntou de você, Davi. Mas ainda está um pouco confusa, mistura as coisas... O bom é que se alimentou...
– Confusa como, Machado?
– O neurologista disse que é normal em pessoas que passa-

ram muito tempo dopadas, ainda mais nas doses cavalares que eles aplicavam.

– Neurologista?

– É. Além de mim, só cinco pessoas podem entrar no quarto dela: o clínico geral, o neurologista, duas enfermeiras que se revezam e a fisioterapeuta. Ela está muito bem assistida, não se preocupe.

– Pra que fisioterapeuta?

– Ela ficou muito tempo parada, praticamente sem se mexer. Só se mexia para ir ao banheiro, com o tal falso enfermeiro apoiando, aquele que você chutou o saco dele. A fisioterapeuta vai ajudar a recuperar os movimentos normais. Mas ela é forte e já entendeu o que aconteceu com ela. Está cooperando com a fisioterapeuta.

– Quantos dias ela vai ficar internada?

– O tempo que for preciso. O médico disse que em dois, três dias dá alta, porque, fora a desidratação e um pouco de anemia, ela está normal.

– Então ela perguntou de mim?

– Perguntou. Queria saber se você está bem. Uma das poucas coisas de que ela se lembra do sítio é de você metendo o pé na porta do quarto e depois você levantando a cabeça dela do chão. Ela quer ver você, mas eu disse que isso só vai acontecer quando ela sair do hospital e quando ela me disser o que eu quero saber.

– Sacanagem, né, Machado!

– Não, Davi. É estímulo para que ela melhore. Acho que é por isso que ela se aplica tanto na fisioterapia. Se você quer ajudar, fica na sua.

– Vai, pede logo sua comida...

Enquanto Machado esperava sua comida e depois enquanto comia, disse que havia a possibilidade de Farias ser designado como uma espécie de administrador da propriedade com a responsabilidade de cuidar e preservar o patrimônio até a conclusão do inquérito, desde que assinasse um termo de compromisso de devolver a propriedade ou se dispusesse a adquiri-la pelo preço de avaliação no final do processo. Ainda trouxe mais novidades sobre os sequestradores, que se dispuseram a revelar outros crimes cometidos pelo deputado, ao saberem que o ex-chefe deles tentava imputar toda a culpa a eles, dizendo-se ameaçado de morte, não só a ele, como a sua família. E que só cedeu o sítio, porque estava sendo chantageado. Então se sentiram à vontade para, em defesa, abrir tudo que sabiam das falcatruas do político.

– Então, o homem vai mesmo se ferrar!

– Ah, vai! E ainda falta o seu depoimento, Farias, e o da moça com o caderno escondido. Você vai ser arrolado como testemunha e como colaborador nas investigações, não se preocupe.

– E ainda tem o que eu sei do presidente do partido...

– Sabe, Davi. O sujeito que você desarmou precisou de médico, por causa da joelhada que você acertou no saco dele. O cara está até agora sem poder andar direito...

– Eu acertei com toda a força... Mas eu estou até agora com as mãos e os pulsos meio doloridos por causa da força que eu fiz para segurar o homem...

– Quem diria, hein Farias, que o moleque era tão forte... Marquei seu depoimento para amanhã às dez horas. Tudo bem, Davi?

– Tudo bem. Onde?

– Na sede. Nove e meia passa um carro pra te pegar. Quem vai tomar seu depoimento é o Aloísio, um dos que estavam comigo lá.

– Sei quem é. Sem problema. Você vai ver a Raquel?

– Vou. Espero que ela tenha melhorado a memória...

– Você me conta como ela está?

– Podemos almoçar juntos amanhã. Perto do seu hotel tem um restaurante bom. Passo uma hora, uma e meia, pra te pegar. Pode ser?

– Fechado.

De novo em seu quarto no hotel, Davi se sentia sem sono e decidiu passear pelos arredores para organizar em sua cabeça tantos acontecimentos dos últimos dias. Mas não havia uma mureta onde pudesse se sentar e muito menos um beco, que Brasília não tem becos. Só o que deveria ser comum a São Paulo seriam os besouros. Andou, pensando, por uns quarenta minutos pelo setor hoteleiro, até que o sono começasse a se manifestar, e voltou para o hotel. Mas nenhum besouro apareceu...

31

O depoimento pela manhã foi longo, em que teve que contar desde o momento em que encontrou o pedaço do brinco, até o regate de Raquel. Mas, pensando na possível contradição com o depoimento de Raquel, decidiu revelar o verdadeiro lugar onde encontrou o diamante engastado, justificando que na polícia mentiu para evitar possível constrangimento de sua mãe. Menos mal que o Aloísio considerou esse fato irrelevante. Aliás, o interrogador mostrou-se bastante simpático e até agradecido pela ajuda na solução do caso. Por volta de meio-dia e meia foi liberado e levado de volta ao hotel, onde ficou esperando Machado, que chegou pouco depois de uma hora. Quis logo saber de Raquel.

– Novidades, Davi. Ela está bem. Surpreendentemente recuperou a memória e já consegue se movimentar razoavelmente. A fisioterapeuta me disse que ela é muito determinada e acredito que amanhã receberá alta. Clinicamente ela está bem e em pouco tempo deve superar o estado de desnutrição e anemia. Mulher forte esta!

– Gente de periferia como nós é dura na queda!
– Mas ô mulher bonita essa moça, hein, Davi!
– Na minha modesta opinião, a mais bonita... E você tomou o depoimento dela?
– Só comecei. Ela tem informação demais. Depois de pouco mais de uma hora, apareceu a fisioterapeuta e eu deixei pra continuar à tarde. E Davi, nem precisei falar do caderno. Ela se prontificou a entregar, se você permitir.
– Eu?
– Ela acha que seria de interesse para seus estudos.
– Até seria. Mas acho que para vocês interessa mais. Só que eu ainda acho que é ela quem deve entregar. Chegando em São Paulo, a gente resolve isso.

– Você falou com o Aloísio?
– Falei. E o Farias, não vai depor não?
– Já depôs. Agora a conversa dele é com o Ministério Público. Mas ele não será julgado, é considerado testemunha. Afinal, as primeiras provas concretas do caso foi ele quem forneceu.
– O caixa 2, não é?
– É.
– Esse caso ainda vai rolar muito, não vai?
– Se vai. Tem políticos, empresários, muita gente graúda envolvida. Atrás de um corrupto sempre tem um corruptor. Tenho quase certeza de que o deputado logo vai propor delação premiada, pra se livrar de uma pena maior...
– Mas o sequestro não entra nesse rolo...
– Esse não. Com esse tipo de crime não tem acordo.
– E a imprensa? Está repercutindo?
– Foi manchete nos jornais de São Paulo. Deu na TV também. Mas não divulgamos nada daqui de Brasília, se não, ia ter um monte de jornalista no pé da moça e ela precisa se recuperar. Ela só vai aparecer quando for julgado o sequestro.
– Ô, Machado... Me inclui fora dessa...
– Não dá. Você é uma testemunha importante no julgamento daqueles dois. Mas fica sossegado que isso ainda vai demorar um tempo. Pensou que ia ficar barato bancar o herói?
– Fazer o quê... O importante é que a Raquel está viva...
– O que você é dela? Você era o gigolô dela?
– Não. A gente nunca sequer transou. Ela foi criada por minha mãe dos onze aos dezoito anos, mas a gente nunca se viu como irmãos.

– Fala mais dela. Assim você me ajuda a entender melhor quem é essa moça. Eu já vi que ela é muito inteligente e culta. Mas dessa que você conhece eu não sei nada.

– Eu vou falar da Raquel. A Tamires você já conhece e vai conhecer melhor ainda quando ler o caderno vermelho.

– O caderno é vermelho?

– Tem a capa encadernada em couro vermelho... Mas a Raquel: a Raquel é filha de um pastor protestante...

E contou o que sabia de Raquel, uma síntese do que sua mãe havia contado, da vida difícil de sua mãe, da relação da mãe com a família de Raquel, até mesmo da ajuda secreta aos seus estudos. Machado ouviu tudo atentamente e ao final comentou:

– Que barra pesada a vida dessa moça e da sua mãe!... Sabe, eu tinha um pouco de preconceito por ela ser prostituta, mas agora estou sentindo admiração, até respeito por ela...

– Pois é, Machado. A vida é feita de oportunidades e escolhas. Mas algumas pessoas têm poucas opções para escolher. Ela seguiu esse caminho de Tamires e até que se deu bem. Mas aquela Raquel menina e adolescente que eu conheci ainda continua viva e é essa que pediu a minha ajuda e está louca pra me ver. Então, quando você for interrogá-la, conversa com a Raquel e deixa que a Raquel fale da Tamires, essa personagem que ela inventou e viveu.

– É isso mesmo que eu vou fazer. Ela não é uma criminosa. Ela é vítima...

Ainda enquanto conversava com Machado e terminava o almoço, recebeu um telefonema de Farias, se propondo a acompanhá-lo num tour pelos principais monumentos de Brasília, o que ele aceitou. Despediu-se de Machado que voltaria para o hospital e esperou na porta do hotel. Também Vânia estava no carro, quando Farias chegou, e eles propuseram uma visita guiada pelos prédios icônicos da capital federal.

Tudo muito impressionante, não somente a beleza arquitetônica, mas o bom gosto da decoração discreta no interior dos prédios e, sobretudo, a funcionalidade, a proposta de integração que os prédios sugeriam. E as muitas obras de arte, não apenas as esculturas, mas também os móveis e os azulejos de Athos Bulcão. Davi ficou particularmente impressionado com o luxo discreto do Itamaraty e antes de entrar na catedral, o último prédio a ser visitado, disse:

– Um país capaz de gerar gênios como Niemeyer e Lúcio Costa merecia governos melhores do que esses que a gente teve e tem. Tenho certeza de que eles imaginaram um país bem diferente quando criaram Brasília, um país harmônico e solidário que o país não é...

Entrar na catedral foi uma experiência impactante para Davi. Nunca tinha imaginado uma igreja como aquela. Em vez de escadarias para entrar, um túnel que o levava abaixo do nível do solo. E dentro, nada de altares luxuosos ornados em ouro, nem santos em pedestais, nem bancos que parecem plateia de frente para o palco - o altar, em que o ator da peça, o padre, o bispo, ou qualquer autoridade religiosa que represente e comande o espetáculo missa. Não, o que viu foi uma igreja despojada, simples, com uns poucos bancos de mármore branco, como caixotes para os fiéis se sentarem, uma igreja branca, limpa, fartamente iluminada pela luz que vazava dos vitrais que lhe servem de parede e teto. E do alto, pendurado num cabo de aço, aquele anjo imenso, barroco, se chocando esteticamente com as formas curvas suaves das colunas que sustentam os vitrais, como um obstáculo que atrapalha a visão do céu, um céu concreto real, azul, o céu de Brasília.

Sentou-se num daqueles bancos como costuma sentar-se em seu banco mureta do beco, e inevitavelmente mergulhou em pensamentos, em reflexões sobre sua condição humana, sobre a fragilidade e a força da condição humana, a fragilidade da vida dele e de Raquel seriamente ameaçada naquele quarto de sítio e a força de quem luta para preservar a vida, como ele e Raquel. Tão imerso estava em si mesmo, que nem ouviu o que disse Vânia e quase nem ouviu Farias dizendo que iriam esperá-lo lá fora. E assim ficou, imerso em si, por um tempo incontável, como é incontável o tempo de quem consegue atingir a essência de si mesmo, um tempo que não se mede em horas ou minutos, um tempo eterno enquanto dura.

Ao final dessa eternidade, ergueu a cabeça e o que viu foi tão emocionante, que não conteve as lágrimas: era a hora do crepúsculo, o maravilhoso crepúsculo de Brasília, que coloria em tons rubros os vitrais da catedral. Entendeu por que tantos povos adoravam o sol como um deus, por que tantas pessoas acreditavam em um deus, porque aquela emoção que sentia o transcendia, o fazia sentir-se integrado ao universo. Assim foi que saiu de lá: humildemente cheio de si – melhor dizer: pleno de si – num silêncio que Farias e Vânia respeitaram, até que ele falou:

– Não sou nem nunca fui religioso. Mas se eu soubesse rezar, esta seria uma igreja onde eu rezaria... Só mesmo um comunista poderia ter feito uma igreja tão profundamente humana como esta... Obrigado, meus amigos, por me trazerem aqui. A gente não passa de frágeis besouros. Mas que força a gente pode ter!...

32

Porque foi dormir cedo, também acordou cedo; desceu para o café da manhã e depois, sentindo-se cheio de energia, decidiu andar pelos arredores do hotel. A vontade era de exercitar-se, de correr, mas as roupas inadequadas o impediam. Ao voltar para o quarto para vestir um short, um telefonema o desviou de seus propósitos. Era Machado, avisando que Raquel receberia alta, depois que almoçasse, por volta das onze horas. Agora seus pensamentos se voltavam para ela e era difícil controlar a ansiedade, a todo momento olhando as horas na tela do celular, vendo horas que não passavam, que passavam devagar. Decidiu ligar para a mãe, distrair-se contando as novidades do passeio pela cidade, na tarde anterior. Porém não falou sobre Raquel, determinado que estava de lhe fazer uma surpresa, quando aparecesse com ela viva e bem, em sua casa.

Conversar com a mãe o tranquilizou e decidiu descer para o saguão do hotel e ler os jornais que disponibilizavam lá. Com surpresa, viu publicada num dos jornais uma longa matéria comentando a prisão do deputado e de outras pessoas, assinada por Henrique Farias. "E não é que o Farias escreve bem!" – pensou. Inteirou-se das notícias, lendo jornais de São Paulo, do Rio e de Brasília, como se necessitasse impregnar-se de realidade, de voltar ao normal, de deixar no passado os acontecimentos excepcionais dos últimos dias. Sim, tinha que se preparar para incluir Raquel na sua realidade, que era a de comprometimento com os destinos do país.

Como que sintonizado com Raquel, pouco antes das onze horas, sentiu fome e procurou o restaurante do hotel para comer um sanduíche. Comeu dois, e depois subiu ao quarto para escovar os dentes e renovar o desodorante. Agora era preparar-se para receber Raquel. Qual seria a reação dela ao vê-lo? E qual seria a dele? Isso veria quando acontecesse. Postou-se à porta de entrada do hotel, alheio ao movimento de pessoas que iam e vinham, às malas carregadas ou arrastadas em rodinhas, aos carros que estacionavam por pouco tempo, deixando ou levando hóspedes acolhidos com gentileza pelo funcionário da porta, apenas esperando que de um dos carros que chegasse descesse Raquel. Como estaria vestida? Teria ainda aquela palidez no rosto da última vez que a viu?

Pouco antes do meio-dia, ela chegou, num carro que deveria ser o do próprio Machado, e nem se preocupou com a mala e a frasqueira, carregadas por Machado e depois pelo atendente do hotel. Caminhou em direção a Davi, os dois com um sorriso emocionado no rosto, e ele deixou-se abraçar por ela, um abraço, correspondido por ele, com jeito de não querer acabar mais, um longo abraço em que ele pôde sentir a pele macia do rosto dela em seu rosto, os cabelos dela tocando seu rosto, os seios dela apertados em seu peito, o corpo dela junto do seu corpo, o ventre, as coxas, naquele longo abraço de dois corpos de duas pessoas que tinham tanto a se dizerem, mas que nada falavam,

até que ela disse a única fala que se ouviu:
– Obrigada, Davi...
Não respondeu. Apenas colocou a mão esquerda no ombro esquerdo dela, enquanto ela abraçava sua cintura e encostava a cabeça em seu ombro esquerdo, e assim abraçados se dirigiram à recepção para que ela fizesse os registros necessários. Mas nem foi preciso, porque Machado já havia providenciado tudo e apenas recebeu o cartão chave de seu quarto.
Só na porta do quarto, enquanto Machado levava a mala e a frasqueira para dentro do quarto, Davi falou:
– Você está bem?
– Estou. Mas vou ficar melhor quando tomar uma boa ducha e tirar esse ranço de hospital do meu corpo.
– Vai, então. Eu estou no quarto ao lado. Quando estiver pronta, me liga, pra gente decidir o que vai fazer da vida...
E ela entrou no quarto. Machado o acompanhou até a porta do quarto dele, mas antes de entrar, quis saber:
– Como ela está? Está tudo bem?
– Como você pôde ver, sim. Ainda está um pouco anêmica, mas nada que atrapalhe uma vida normal. É só tomar a medicação receitada e logo esse problema também se resolve.
– Você tomou o depoimento dela?
– Tudo certo aí também. Só falta o tal caderno.
– Quer entrar?
– Não, não. Agora ela é responsabilidade sua. Cuida bem dela, hein!
– Deixa comigo.
Decidiu também fazer a barba e tomar um banho, porque

queria sentir-se limpo, cheirando a banho, como deveria ser o cheiro que sentiria nela, quando a visse novamente. E foi um banho longo, igual ao que imaginava que ela estivesse tomando. Saiu do banho com mais energia do que entrou, sentindo uma alegria no corpo todo, como se todo o corpo sorrisse, e foi assim, sorrindo, que se viu quando desembaçou o espelho do banheiro. Depois de enxugar-se minuciosamente e pentear os cabelos ainda um pouco úmidos, vestiu a cueca limpa que havia levado antes do banho e recolheu as roupas sujas. Guardava na mala as roupas no saco de roupas sujas, já imaginando vestir-se com as roupas que planejava usar ao sair pela primeira vez com Raquel, quando ouviu baterem à porta. Seria a arrumadeira? Não, ela tocaria a campainha. Talvez o Machado... Abriu uma fresta para ver quem era: era Raquel.

Sem dizer nada, ela empurrou suavemente a porta, entrou, fechou novamente a porta, e antes que ele se refizesse da surpresa, beijou a boca dele, num beijo a que ele correspondeu sem resistência, e foram os dois, assim abraçados, sem desfazer o beijo, ele sentindo aqueles lábios, aquela língua com gosto de hortelã, aquela saliva adocicada, aquela boca tantas vezes desejada em suas fantasias com ela, os dois andando quarto adentro, como que atraídos pela cama, e ele mal percebeu as flores da estampa do vestido que ela usava, a única roupa que ela usava, e ele nem precisou tirar a cueca limpa, porque ela se encarregou disso ao atirar-se com ele sobre a cama, e ali se deixaram os dois fluir a paixão há tantos anos reprimida, há tantos anos alimentada por fantasias, uma paixão que parecia não se esgotar na meia hora, na hora, na hora e meia em que se deram seus corpos jovens, em que conheceram seus corpos amados, desejados por tantos anos, em que se disseram frases gemidas, de amor, de paixão, de tesão, frases amorosamente obscenas, como dizem os amantes que se amam de verdade, como eles ali, explorando cada parte de seus corpos, cada pedaço de pele, com bocas, mãos e olhos, embriagados de seus cheiros, de seus desejos tantos anos contidos e acumulados, até que ela, exausta, suada, descabelada e feliz, abandonasse seu corpo e sua alma satisfeitos ao lado dele, no rosto um sorriso de felicidade e olhos fechados. E ele, mesmo que disposto a continuar aquele encontro tão intenso, respeitou a vontade dela de acalmar-se e apenas delicadamente beijou aquele sorriso dela. Deitou-se ao lado dela e apenas suas mãos agora se tocavam. Assim ficaram por alguns minutos, como se quisessem deixar que seus corpos e seus espíritos repercutissem a intensa vivência que acabaram de experimentar. Até que ela falou:

– E eu que pensava que teria que ensinar você a como satisfazer uma mulher... Davi! Onde você aprendeu a fazer isso tudo que você fez comigo!?...

– Eu lia revistinha de sacanagem quando era moleque...

– Sério?

– Brincadeira. O Valcir, uma vez, me mostrou uma dessas revistinhas, mas eu achei os desenhos tão ruins, tão toscos, que nem me interessei em ver inteira. Sabe o que é... Algumas das minhas colegas de faculdade são bem safadinhas. Eu treinei com elas...

– Davi... eu te amo...

– Como é que é? O que você disse?

– Eu disse que te amo. Eu sempre te amei, desde menina. Você é o único a quem sempre amei.
– De verdade?
– De verdade.
– E a Tamires?
– A Tamires já era. É passado. Se você não me quiser, eu entendo. Eu sei que não é nada fácil aceitar uma mulher com o meu passado. Mas se você me quiser, eu quero que você seja o único homem pro resto da minha vida. Só você.
– Pareceu a você hoje que eu não quero? Eu quase morri pra ter você como agora, encarei gente barra pesada... Acha que isso é coisa de quem não quer? Eu também te amo. Tive uma paixão no meio do caminho, mas amar, só amei você.

E voltaram a se amar, desta vez com calma em vez de carência, com mais afeto do que sexo, com o carinho de duas pessoas que se aceitam como são. Assim se amaram, no meio da cama, no meio do quarto, no meio do país, no meio do mundo, que lá fora continuava sua vida de mundo, com as pessoas vivendo suas vidas, com os pássaros vivendo suas vidas de pássaros, com as plantas, com os animais, com as borboletas, com os insetos, com todas as formas de vida, com os besouros vivendo suas vidas de poucas funções.

33

Por fim, ali, nus como estavam, conversaram, uma conversa sem planos de futuro, sem assunto que pesasse, nada que pudesse parecer triste ou preocupante ou que lembrasse o passado recente de cativeiro, de hospital, de ansiedades e sofrimentos. Uma conversa de lembranças divertidas, de piadas, de risos fáceis de um casal feliz, vez ou outra interrompida por um beijo ou por uma carícia.

– Raquel... Esclarece pra mim uma coisa que está me intrigando desde que você entrou no meu quarto: você estava sem calcinha?

– É... Eu achei que só ia atrapalhar. Eu ia ficar sem calcinha mesmo... Se eu tivesse certeza de que não ia encontrar ninguém no corredor, tinha vindo até sem vestido...

– Você é uma menina muito despudorada!

– Eu tenho esse defeito mesmo...

– Mas, pensando bem, não foi tão mal assim... Outro dia me contaram de uma professora que dá aula sem calcinha.

– É? Acho que ela deve ter muito tesão pelo trabalho...

– Ou pelos alunos, ou pelas alunas, sabe-se lá...

– E por falar em calcinha, eu tenho um problema que preciso resolver com urgência. Quando eu arrumei a mala, na pressa, com aqueles brutamontes apontando uma arma para a minha cabeça, eu me esqueci de pôr calcinhas. Estou usando a mesma calcinha desde aquele dia. Preciso comprar calcinhas...

– Credo, Raquel! Ela deve estar bem fedida!

– Não está, porque eu lavei toda vez que tomei banho. Hoje mesmo eu lavei! Você está vendo por que eu vim sem calcinha? Você não queria que eu viesse com uma calcinha úmida...

– Eu ia achar que você estava com muito tesão...

– Tarado! Por que, você achou que eu não estava com tesão?

– Sei lá o que eu achei. Você veio se jogando pra cima de

mim que nem uma louca, arrancando minha cueca... Quando eu consegui entender o que estava acontecendo, já fazia meia-hora que a gente estava transando...

– Davi...
– Que é...?
– Acho que esta foi a melhor transa da minha vida. Acho, não; tenho certeza.
– Já eu acho que a melhor vai ser a próxima...

E transariam novamente, se o telefone do quarto não tocasse. Era Vânia, convidando os dois para jantar com ela e Farias.

– Acho que pode ser, Vânia. Deixa eu perguntar pra Raquel. O Farias e a namorada dele estão convidando a gente pra jantar com eles. Vamos?
– Vamos sim. Aí eu aproveito e agradeço ao Farias.
– Espero que não do mesmo jeito que você agradeceu a mim.
– Já disse que agora é só você!
– Tudo bem, Vânia, nós vamos.
– Ela está aí com você, né?
– Está.
– Você, hein, Davi! Não perde tempo...
– Quem não perde tempo é ela... Vânia: será que antes do jantar a gente poderia dar uma passada num shopping?
– Num shopping? Pra quê, posso saber?
– É que a Raquel está precisando comprar calcinhas.
– Por que, você rasgou todas?
– Não. Eu não sou tão impetuoso assim. Depois ela conta.
– A gente pode ir ao Iguatemi, aqui no Lago Norte. Daí, a gente pode jantar lá mesmo, que tem um restaurante bom.

Passo aí no hotel daqui a uma hora. Pode ser?
– Daqui a uma hora? Pode ser sim. Pode, né, Raquel?
– Pode...
– Tudo bem, Vânia. Só o tempo de tomar uma ducha e estamos prontos.
– Até mais, então.
– Até mais.
– Vamos tomar outro banho, Davi?
– Nós dois estamos suados, meu amor...
– Como é que é?
– Eu disse que eu e você estamos suados.
– Não! Como você me chamou?
– Meu amor.
– Ai quanta emoção! Primeira vez que a gente transa, primeira vez que você me chama de meu amor, primeira vez que a gente vai tomar banho juntos... É muita primeira vez! Meu coração assim não aguenta!
– É, e você pode juntar a primeira vez que a gente compra calcinhas juntos!
– Por que você disse pra ela... como é mesmo o nome dela?
– Vânia.
– Por que você disse pra Vânia que não era impetuoso, seu mentiroso!
– Eu disse pra ela que não era "tão" impetuoso... Ela perguntou se eu tinha rasgado suas calcinhas todas.
– Ainda bem que vim sem calcinha... Você iria rasgar a única que eu tenho.
– Eu jamais cometeria uma indelicadeza dessas, ainda mais

se soubesse que é sua única calcinha. Já você, quase rasga minha cueca nova!

Tomaram a ducha juntos, como um casal apaixonado, e depois, enquanto ele se vestia, ela secava os cabelos no secador do hotel.

— Vamos, Raquel. Daqui a quinze minutos eles chegam... Será que você poderia usar o mesmo vestido que estava usando? Ele é muito bonito!

— Você gostou? Achei que nem tinha reparado...

— Eu sou muito observador, Raquel, vai se acostumando... E acho de bom tom que você desta vez vista a calcinha, mesmo úmida.

— Já deve ter secado. Se não secou, seco com o secador de cabelo.

— Então vai, que eu não gosto de atrasar...

— Adoro esse seu jeito responsável e certinho. Desde menino você é assim. Me dá um beijo, dá... Um bem rapidinho, tá bom? Pronto, já pus o vestido. Agora é só passar um batonzinho nos lábios e pôr os sapatos.

— E não se esqueça da calcinha...

— Tá bom, meu namorado certinho, eu não me esqueço da calcinha.

— Eu fico esperando você aqui. Vai logo, vai.

Ela voltou cinco minutos depois.

— Você está linda! Que mulher bonita que eu tenho!... Raquel, posso te pedir uma coisa?

— O que você quiser.

— Ergue o vestido para eu ver sua calcinha?

– Eu mostro, seu tarado! Mas se quiser, eu tiro também.
– Olha! Ela á estampada! Que estampa é essa?
– É uma joaninha, um besouro, sei lá. Comprei em Paris...
– Acho que é um besouro...

34

Enquanto Raquel e Vânia iam comprar calcinhas, Davi e Farias preferiram ir a uma livraria. Marcaram um ponto de encontro em uma hora, tempo considerado suficiente para as compras das duas, que já pareciam amigas de longa data, tal a desenvoltura com que vieram conversando no carro. E eles exibiam feições claramente satisfeitas com suas mulheres, talvez por sentirem-se responsáveis por aquele encontro amistoso. Agora conversavam como amigos, sem as desconfianças de antes, uma amizade que parecia perdurar por muito tempo e que, sem saber, Raquel havia propiciado. Por meia-hora olharam livros e Davi, pela primeira vez que se lembrasse, tinha dinheiro para comprar cinco livros, sem a culpa de estar gastando demais, porque pouco tinha usado do dinheiro que sua mãe lhe deu. Eram três livros para seus estudos, um de ficção e um de psicologia infantil, que pretendia dar de presente a Raquel. Também Farias escolheu dois livros e decidiram ir a um café, enquanto esperavam suas mulheres, onde ficaram comentando suas aquisições, mais Davi, que podia agora conversar com o amigo sobre os assuntos de seu interesse. Até que a conversa chegou em relacionamentos.

– Parece que você se deu bem com a Tamires, desculpe, com

a Raquel.

– Na verdade, no fundo, a gente sempre se deu bem, desde quando éramos crianças. Parece que a gente só retomou um relacionamento que ficou parado por algum tempo e agora, já adultos, segue seu rumo...

– E na cama, rolou?

– Que mulher, Farias! Que mulher!

– Você deu conta? Ela é muito experiente, você sabe...

– Eu também não sou nenhum neófito, viu, Farias. As garotas da faculdade são doidinhas para agradar um digno representante do povão oprimido pela classe dominante.

– E você aproveitava, não é, seu canalha?

– Eu não podia decepcionar as moças, não é?

– Então você não decepcionou a Raquel...

– Quer saber...? Quem arregou foi ela.

– Grande Davi!

– Agora falando sério, Farias. É outra coisa transar com a mulher que a gente ama, não é?

– Sem comparação, Davi, sem comparação... Parece que a gente se completa, como se um pedaço dentro da gente estivesse até então vazio e agora se preenche. Parece que a gente sente a alma dentro do corpo... Não é assim?

– É assim mesmo, Farias. E você: vai mesmo se casar com a Vânia?

– Agora que estou morando com ela, praticamente a gente já se casou, só falta formalizar. A gente está se entendendo bem pra caralho!

– É, ela me pareceu bem feliz.

– A Raquel também.

– Acho que ela está sim. Por falar nela, já se passou uma hora. Vamos ao ponto de encontro?

– Não tenha pressa. Se eu conheço alguma coisa de mulher, a gente vai ter que esperar...

De fato, Farias tinha razão. Esperaram por quase quarenta minutos, até que as duas chegaram carregadas de sacolas.

– Puxa!... Eu não fazia ideia de que você precisasse de tantas calcinhas!

– Demanda reprimida, meu amor. Aproveitei e comprei umas coisinhas mais...

– Coisinhas? Imagine se fossem "coisas"!... E onde você arrumou grana para comprar essas "coisinhas" todas?

– Um pedacinho de plástico mágico chamado cartão de crédito, já ouviu falar?

– Ah é... Você teve seus documentos de volta...

– Me deixa mostrar o que eu comprei pra você...

– Tem "coisinhas" pra mim também?

– Olha...

– Camisa? Azul? Bonita... Outra? Xadrez; bonita também...

– Decidi mudar um pouco esse seu look adolescente nos seus trajes. Um futuro doutor tem que se apresentar melhor.

– Se é assim que você quer me ver vestido, é assim que eu vou me vestir.

– Ele não é uma graça, Vânia?

– Ele é um xavequeiro de primeira, isso sim!

– Tem mais, olha.

– O que é isso? Shorts?

– Não! São cuecas. Com aquelas cuecas que você usa fica parecendo homem de calcinha. Essas aqui são mais excitantes.
– Bom, se esta te excita, é esta que eu vou tirar.
– Mas olha só! Eu pensando em vestir e ele pensando em tirar!
– Que coisa! Além de uma namorada, ganhei uma *personal stilist*...! Só vejo um problema: com esse novo visual, eu vou perder meu charme de rapaz pobre, carente do afeto das patricinhas da faculdade... Mas também, quem disse que eu quero. Obrigado, meu amor, por cuidar bem, além do meu coração e do meu corpo, da minha aparência também... Amei os presentes!
– Mas é mesmo um xavequeiro...
– Pode me xavecar. Eu adoro! Ela está com inveja.
– Aqui, Henrique. Vou te dar oportunidade de me xavecar também. Comprei cuecas para você também.
– Meu amor! Mas são as cuecas mais lindas do mundo! Ninguém jamais me deu um presente tão... tão... tão maravilhoso!
– Menos, Farias, menos...
– É... vou ter que ralar muito para atingir o seu nível...
A conversa animada continuou até o restaurante amplo que havia lá.
– Li sua matéria hoje no jornal. Coisa fina, hein, Farias. Logo a primeira matéria já assinada!
– Devo à Vânia. Eu escrevi com a intenção de mostrar a ela o tipo de jornalismo que eu gostaria de fazer, e ela me surpreendeu levando pro jornal. Daí o editor publicou, acho que mais por uma gentileza a ela...

– Não, Farias. Ele publicou porque seu texto é bom.
– Tá ouvindo, Henrique? É alguém de fora falando...
– É, Farias. O cara não ia mudar a pauta, arranjar espaço, se achasse o texto ruim. É coisa de quem está por dentro, de quem sabe o que fala, e bem escrito. Você foi contratado?
– Não. Precisa ver a repercussão...
– Os caras vão te contratar. Você conhece esses políticos, é bem relacionado. Isso interessa a eles. E de quebra, escreve bem.
– Olha, Henrique. Estou vendo o site do jornal e tem um monte de comentários sobre seu texto. A maioria fala bem. Os que falam mal devem ser partidários do deputado e da gangue dele.
– Depois eu vejo isso. Essas opiniões me interessam, porque são leitores normais. Hoje cedo, um monte de deputados, alguns senadores e assessores deles que eu conheço me ligaram, puxando meu saco. Até desliguei o celular...
– Olha aí o Farias se dando bem, Raquel.
– Ele merece. Ele é competente.
– Mas tem um problema, Farias. Esse emprego não vai te dar aquele puta salário que você tinha, nem Audi zero quilômetro...
– Quer saber, Davi. Se os caras me oferecerem salário mínimo, eu topo.
– Não vai falar isso pro meu chefe, Henrique! Não fala que ele aceita!
– Fica tranquila. Se ele me propuser alguma coisa, eu faço um charme, digo que vou pensar e só depois aceito.
Mas esse foi o único plano para o futuro que apareceu nas

conversas no restaurante e depois no apartamento de Vânia. Era como se todos tivessem feito um acordo tácito de evitar falar sobre o futuro de Raquel e mais ainda de seu passado. Já passava das onze, quando Davi e Raquel foram levados para o hotel. Então, uma dúvida:
– No seu quarto ou no meu?
– No seu. Quero ver você usando a cueca nova.
– Tudo bem. Mas logo depois eu tiro. E espero que finalmente você aposente essa sua calcinha de besouro...

35

Havia felicidade no semblante do casal, agora deitados nus, ela acomodada com a cabeça no ombro e no peito dele, enquanto ele acariciava a pele macia das costas dela. Não só pelo prazer do sexo, mas também pela interação nos momentos que antecederam este agora, andarem de mãos dadas pelo shopping, o entendimento com os novos amigos, as conversas descontraídas, as compras, por tudo isso se sentiam felizes, como a fisionomia de seus rostos expressava. Mas para que esse estado de espírito perdurasse, era preciso uma garantia de futuro, em que não mais estariam num quarto de hotel em Brasília e sim em São Paulo, onde suas vidas em breve continuariam, e esse futuro próximo propunha muitas interrogações, menos para ele, que já se havia definido como um intelectual atuante e como um possível docente, mais para ela, que sugeria uma mudança de rumos em sua vida. Aquele sentimento de felicidade e paz que os envolvia pareceu a ele favorável para que ela respondesse a algumas de suas interrogações.

– Precisamos conversar, Raquel...

– Você não está pensando em uma DR agora, está?

– Acho que está mais para uma DF, o que, aliás, é bem apropriado, já que estamos no Distrito Federal...

– DF?

– É, discutir o futuro. Amanhã ou depois de amanhã a gente volta para São Paulo...

– Depois de amanhã. Amanhã eu preciso comparecer à Polícia Federal para assinar meu depoimento e acertar a entrega do caderno que está com você. Você vai comigo?

– Vou. Aproveito e me acerto de vez com o Machado. Mas e depois; quais são seus planos? Você pensou sobre isso?

Levantaram-se e se sentaram encostados nos travesseiros apoiados no espaldar da cabeceira da cama.

– Pensei sim, pensei bastante. De absolutamente certo é que não pretendo me afastar de você até o fim da minha vida, a não ser que você decida me trocar por alguma daquelas meninas que você andou comendo...

– Sem chance. Não troco você por ninguém.

– Então você vai precisar ter paciência, até eu ajeitar minha vida, que eu tenho muita coisa para resolver. Mas quero que você participe de tudo, que me ajude. Não quero mais ficar escondendo nada de você. Você tem paciência para esperar?

– Já esperei por você tanto tempo, não custa esperar mais um pouco.

– Eu te amo, Davi... Mas vamos aos fatos: pretendo chegar em São Paulo e contratar um advogado que resolva a transferência de tudo que é da Tamires para a Raquel, sem que eu seja condenada por falsidade ideológica. Não sei se é possível. Se não for, pretendo arcar com as consequências. Quero acabar com a Tamires.

– Você tem meu total apoio.

– Também quero vender meu apartamento e comprar outro, mais simples, para a gente morar, se você não se opuser...

– Mais simples? Como?

– Eu pensei num apartamento nos Jardins mesmo, ou em Higienópolis, que é um bairro que eu gosto, e são bairros relativamente próximos da USP, onde você vai trabalhar no futuro.

– É... É bem mais próximo do que onde eu moro...

– Então, um apartamento mais simples, de quatro quartos...

– Quatro quartos?! Isso é o seu "simples"? Pra que tantos quartos?

– Um quarto para mim, um quarto para você, um que seria quarto de estudos, escritório, biblioteca, e outro para o bebê...

– Como é que é?! Que bebê?

– Uai, o nosso...

– Você quer um filho?!

– Não é que eu queira, mas pode acontecer, não pode? Pode até já ter acontecido. Nem eu nem você nos precavemos em evitar...

– Puta que pariu, Raquel! Eu não sei se estou pronto pra ser pai!

– Nem eu pra ser mãe. Mas se acontecer, eu encaro.

– Eu também, mas... Um filho...! Eu nunca pensei nisso... Porra, você está mesmo a fim de ficar comigo!...

– Você tem dúvida?

– Se eu tinha alguma, agora acabou. Um filho ou uma filha... Já pensou? A gente empurrando o carrinho, vendo o bichinho crescer...

– É. E trocando fraldas e acordando de madrugada e eu barriguda... Mas para de viajar e vamos às coisas práticas.

– Certo. Por que um quarto pra mim e outro pra você?

– Eu sou muito agitada quando durmo, me mexo bastante. Já perdi a conta das vezes que acordei nos pés da cama, sem contar as vezes que eu caí. Não presto pra dormir junto.

– Você continua assim?

– Continuo. Você se lembra? Então, a gente na mesma cama, nenhum dos dois vai dormir direito.

– Tudo bem. Assim a gente pode variar, um dia a gente transa no seu quarto, outro no meu, outro na sala, outro na cozinha... Isso se o nosso filho deixar...

– Tarado! E esquece esse filho. Voltando ao apartamento, eu penso em um com menos salas, mais prático que o meu.

– Mesmo assim é um baita apartamento!

– Se você não quiser, se você preferir, eu topo me mudar para a sua casa. Sua mãe deve se mudar de lá mesmo... Eu quero morar com você, viver com você. Eu não me lembro de ter tido um dia tão feliz na minha vida como hoje.

– Sem problema, Raquel. A gente mora no apartamento grandão. É que, pra mim, é de repente pular da classe D direto pra classe A... É meio assustador... Mas, como dizia o grande filósofo contemporâneo Joãozinho 30, quem gosta de pobreza é sociólogo; pobre gosta é de luxo. Só que eu sou um sociólogo...

– Acho bom que a gente nunca esqueça nossas origens, Davi. Afinal, eu não ralei todos esses anos, aguentando homens nojentos como aquele deputado, a troco de meia dúzia de bananas. Se você me aceita de verdade, eu venho com essa grana toda que eu guardei e com algum patrimônio, e quero dividir isso com você e nossa mãe.

– É, se eu quero você, tem que ser como você é. Prometo não cobrar de você as escolhas que você fez na vida, ainda que discutíveis. Bola pra frente.

– Eu tinha medo de que você não me perdoasse...

– Eu não tenho que perdoar nada e nem você deve se culpar. Sua vida foi por aí e pronto. Confesso que eu fiquei um pouco chocado, quando eu soube; me senti traído, vendo desmoronar a imagem idealizada que eu fazia de você. Xinguei você, mas minha mãe me mostrou que eu estava sendo preconceituoso e eu aceitei a bronca. Ela estava certa.

– Amo você, Davi...

– Eu também amo você, minha namorada rica. Só que eu quero trabalhar e ter minha própria grana. Por falar nisso, o que você pretende fazer?

– De trabalho? A Margareth já me convidou várias vezes para trabalhar com ela. Acho que eu vou topar.

– Margareth? Quem é essa Margareth?

– É a esposa do Eduardo, seu professor. Não sabia que ele era casado?

– Sabia, mas ele nunca disse o nome da mulher. Ela se formou com você, não é?

– A gente é muito amiga, a única amiga que eu tenho. Não.

Agora tem a Vânia também.

– Espera aí. Eu estava me esquecendo de uma coisa. Eu também comprei um presente pra você, hoje... Vou pegar... Toma...

– É um livro. Deixa eu ver... Você está brincando, Davi! Eu não acredito!

– O que foi? Não gostou?

– Se eu gostei? É que eu pretendo trabalhar com crianças e adolescentes, e você me dá um livro de psicologia infantil! Claro que eu gostei! Você vê, Davi, a sintonia que a gente tem?

– Sabe o que é engraçado... Tinha um monte de livros de psicologia na livraria, uma estante inteira. E dentre todos, eu peguei este. Fiquei olhando outros que tinham títulos mais interessantes, capas mais bonitas, mas sei lá por que achei que era este... Que bom que eu acertei.

– Sintonia, meu amor. Acho que a gente vai dar muito certo.

– Eu também acho, sempre achei... Então finalmente você vai assumir a psicóloga...

– Mas antes preciso regularizar meu nome. Eu me formei como Tamires. Acho que vai demorar um pouco. Enquanto isso, quero terminar meu curso de francês. Quero ficar fluente em francês, porque outro sonho que eu tenho é levar você para conhecer Paris. Paris e Madrid, duas cidades incríveis. Você não sabe francês, né?

– De francês eu só sei "bon jour" e "mon amour". Espanhol e inglês me viro um pouco, mas francês, nada.

– Quem sabe nas férias de julho a gente viaje...

– Até uma semana atrás eu nunca tinha viajado de avião e agora você já está querendo me levar para a Europa...

– Acho importante para a sua formação. Você precisa se sentir um cidadão do mundo, conhecer outras culturas, ter referências concretas de países mais desenvolvidos que o nosso. E o que eu puder fazer para ajudar você, eu vou fazer. Uma coisa que eu sempre admirei em você é que você sonha grande e sempre batalhou muito para isso, dentro das suas possibilidades...

– Bora pra Paris, então...

– E finalmente tem uma última coisa que eu pensei: as joias. Vou vender todas as joias que eu ganhei dos meus colaboradores, valem muito. Só vou ficar com as que eu comprei, que não são muitas. Acho que a gente não vai precisar se preocupar com grana, enfim.

– Tem uma, um broche, que você deixou no cofre do seu apartamento...

– Você viu? Na verdade, foram eles que deixaram lá, acharam que não tinha valor. Essa fui eu que comprei...

– É um besouro, não é?

– É. Adoro esse besouro...

36

Apenas quando o avião pousou em Congonhas, Davi ligou para a mãe, avisando que tinha chegado e pedindo para que o esperasse em sua casa, pois sabia que ela estava com o professor de Biologia. Brasília, depoimentos, amigos, problemas, bons momentos e tudo que viveram nos últimos dias ficaram para trás. Para frente, duas vidas definitivamente mudadas, cheias de planos e de problemas bons de serem resolvidos, sem ameaças

e sem ansiedades. Logo seria Natal e era sobre isso que conversavam nos últimos quinze minutos no avião, Raquel se dizendo feliz por poder novamente passar um Natal com a família que amava. Estava ansiosa para abraçar a mãe, a que tinha sido sua verdadeira mãe no momento mais terrível da sua vida, mais até que o sequestro, como confidenciou a Davi. E Davi viu nessa fala a deixa para tocar numa questão difícil da vida de Raquel:
– Você pretende reencontrar seus pais?
A resposta veio seca:
– Não.
– Parece que sua mágoa com eles é muito grande...
– Não é mágoa, é desprezo.
– Isso é pior que mágoa...
– Nenhum pai que se preze faz o que o meu fez comigo. No momento em que mais precisei dele, ele me jogou na rua feito lixo. Eu era uma menina, abusada por um filho da puta, sofrendo como nunca sofri, carente de um afeto que só sua mãe me deu. Sua mãe sim foi mãe. Ela é a única mãe de verdade que eu tenho. Pergunte a sua mãe, se ela quer reencontrar o pai dela. Meu pai foi pior que o filho da puta que me estuprou. Ele ficou sabendo onde eu morava, aliás, uma casa que ele deu a sua mãe, quando ela devolveu a chantagem calhorda que ele fazia com ela. Agora, pergunte se alguma vez ele me procurou ou quis saber se eu precisava de alguma coisa. Não. O que ele fez foi mandar sua mãe embora, ela com duas crianças para criar. Por que eu iria querer rever um sujeito desprezível desses? E sim, eu me tornei a puta que ele achava que eu era, a puta em que ele me transformou, para poder um dia ter a sensação de

liberdade que estou sentindo agora. Não, Davi. Não quero ver esse homem, um hipócrita que se diz mensageiro de Deus e que trata uma criança, sua filha, como ele me tratou. O que ele fez não tem perdão.

– E sua mãe?

– Minha mãe é dona Virgínia, a sua mãe. Aquela outra que me pariu até no começo deu uma ajuda, deixando sua mãe levar umas roupas, mas quando pôde escolher entre mim e o marido dela, não quis mais saber de mim. Até foi uma boa mãe enquanto eu morei lá. Mas no meu pior momento, virou as costas para mim. Esses dois me custaram anos de análise, que me ajudaram a não me perder de vez. Minha analista, sua mãe e você é que foram minha salvação. Não fossem vocês e eu teria sucumbido em uma visão de vida destrutiva, egoísta e cínica. Sua mãe e você me deram um motivo para viver, precisavam da minha ajuda, me deram a chance de retribuir tudo que fizeram por mim, por me aceitarem sem críticas, sem julgamentos, por me fazerem me sentir amada. Nunca vou poder agradecer tudo que vocês fizeram e estão fazendo por mim. E você, Davi, não faz ideia da força que você me deu todos esses anos. Você me mostrou, com sua postura sempre correta, íntegra, sempre focado em seus objetivos altruístas, que era possível sim existir pessoas de bem, que existia alguém que eu poderia amar de verdade, como sempre te amei. Eu não me achava digna de você, mas minha analista me ajudou a ver que eu teria de lutar para me fazer digna, que eu teria que aprender a viver com toda a imundície da minha vida, para poder superar. Mas veja como são as coisas: esse deputado criminoso precipitou as coisas e agora estamos juntos. Não era para ser agora. Eu pretendia no fim deste ano, o ano em que você está terminando a faculdade, desativar a Tamires, começar a trabalhar com a Margareth e só aí procurar você e quem sabe você me aceitasse, mesmo com todo o meu passado. Mas quando me vi ameaçada, foi a você que pedi socorro, de um jeito idiota, desesperado, de jogar um pedaço de brinco perto de onde eu sabia que você costumava se sentar. E foi a você que eu confiei meu diário de prostituta. Nas poucas vezes em que eu estive lúcida no cativeiro, era em você que eu pensava. E mais uma vez você me salvou, como me salvou tantas vezes nos últimos anos. Você me pergunta se eu quero rever meus pais. Não, Davi. Eles não merecem nem um pouco do meu afeto. Eu quero é rever a nossa mãe, que essa sim merece todo o afeto do mundo.

– Uau, Raquel!... Que papo pesado esse! Vamos ver se a gente consegue fazer sua vida mais leve daqui por diante...

– Depende de você...

– Não, Raquel. Depende de você. Depende de você manter viva essa Raquel com quem eu convivi nos últimos dias: alegre, espontânea, cheia de vida e boa de cama pra caralho!

– Tarado! Eu amo um intelectual tarado!

– Mas sou tarado também pelos estudos. Você me ensina um pouco de francês?

– Claro, mon amour!

– Eu também tenho alguns planos para o futuro, além de continuar os estudos. Eu vou fazer ano que vem um curso de escrita criativa. Se eu me der bem, pretendo me arriscar em escrever um romance.

– Eu dou a maior força, Davi. Você já tem alguma ideia?
– Tenho duas. Uma é a história de um sujeito formado em jornalismo, mas que trabalha num banco e é mandado embora. A história vai se passar numa cidade do interior. Então, o sogro dele arranja um emprego no jornal da cidade, onde ele vai escrever obituários...
– E a outra?
– A outra é a história de um rapaz que está sentado num beco e vem um besouro que pousa no joelho dele. Ele dá um peteleco no besouro que cai perto de um pedaço de brinco de diamante e aí rola a história...
– As duas são boas. Mas eu prefiro a primeira. A segunda, a do besouro, essa eu já conheço...

37

O táxi rodava lento pela Radial Leste, no trânsito congestionado do fim de tarde, começo de noite, em direção à casa dele, onde certamente sua mãe já o esperava ansiosa. Mas os dois não pareciam exasperados com o lento trânsito confuso, porque tinham muito que conversar, pouco a pouco derrubando as pequenas barreiras, desconfianças e inseguranças que precisavam ser afastadas, para que se aproximassem ainda mais, sem mistérios, sem dúvidas, continuando a conversa iniciada no avião.

– Quando você percebeu que seria sequestrada?
– Comecei a desconfiar uns dias antes, porque havia uma diferença entre eles e o Farias. Eles eram mais discretos e não parecia que estavam apenas observando meus movimentos.

Parecia que esperavam o momento propício. Fiquei com medo. Pensei em ligar para o deputado, pedindo proteção, mas e se os homens fossem dele? Essa dúvida bateu forte no peito, quando me lembrei do deputado falando que o Farias sabia muita coisa da vida dele, mas não sabia tudo e nem podia saber, porque o Farias era um homem correto. Se contasse tudo para ele, corria o risco de perdê-lo, e ele precisava se cercar de pessoas corretas para se garantir. Se pessoas honestas próximas a ele não percebiam o que fazia por baixo do pano, significava que estava fazendo bem feito.

– Mas que cabeça calhorda tem esse homem!
– Ele é um horror, Davi. Ele usava as pessoas, até a coitada da mulher dele.
– Mas como ele se abria tanto com você?
– Confiava em mim. Ele achava que eu era como ele, que eu vivia de explorar os outros, como ele. No que, convenhamos, ele tinha certa razão. Além disso, ele era apaixonado por mim, morria de ciúmes dos outros.
– E os outros? Não tinham ciúmes também?
– Não. Mas só ele e o Armand queriam exclusividade.
– Armand é o francês?
– É.
– Continua falando do sequestro.
– Eu comecei a ficar com muito medo e pensei em você.
– Em mim?
– Quase liguei pra você. Eu não iria falar nada dos homens, só queria ouvir sua voz pra me tranquilizar. Foi então que eu pensei em escrever a carta pro Farias e pedir que ele procurasse

você, não porque eu achasse que você poderia fazer alguma coisa. Era mais para que você soubesse que eu pensava em você. Mais tarde eu pensei em levar o dinheiro para nossa mãe, já achando que eu não iria escapar e então eu me lembrei do meu esconderijo, quando eu morava na sua casa, e achei que era um bom lugar para esconder o diário.

– Diário?

– É, eu chamava de diário. A minha esperança era que você um dia achasse e ferrasse esses caras que estão no diário. Sorte que a empregada viu quando guardei na bolsa e contou pra polícia. Só que até aí eu não tinha certeza de que era o diário que eles queriam, eu escondi mais pensando em você.

– Eu não sabia que você pensava tanto em mim...

– Não tem um dia, desde criança, que eu não pensei em você. Eu sou apaixonada por você desde que você era bebê.

– E depois eu é que sou tarado... Mas os caras não te seguiram?

– Seguiram. Mas quando cheguei ao bairro, num semáforo, eu consegui despistar e deu para eu ir até sua casa sem ser vista. Quando eu saí, me veio a ideia maluca de quebrar o brinco e jogar lá onde você achou. Sei lá o que eu pensava...

– Por causa dessa ideia maluca é que você está viva...

– Sintonia, meu amor, sintonia...

– Lá vem você com essa coisa de sintonia... Eu chamo "coincidência". Mas continua. Aí os caras estavam no beco esperando você...

– Não! Não foi ali que eles me pegaram!

– Não? Onde foi?

— Eu peguei o carro e fiquei dando umas voltas pelo bairro, dando um tempo para eles irem embora. Eu pretendia não voltar para o apartamento. Aí, quando eu estava passando pela rua atrás do colégio, eles me cercaram e me pegaram. Quase bati o carro...

— Você está brincando...

— Verdade! Eles apareceram do nada e me fecharam!

— Não acredito! Eles te pegaram na rua atrás do colégio?!

— É, a rua é meio deserta, você sabe... Por que a surpresa?

— Porque eu disse pra polícia que foi lá que eu achei o pedaço do brinco.

— Sintonia, meu amor...

— E sabe outra coincidência? Eu disse pra polícia que um besouro pousou em mim e eu dei um peteleco nele e ele caiu ao lado do pedaço do brinco, o que de fato aconteceu no beco. Só que eu não disse que foi no beco, mas atrás do colégio. Eu pensei lá, porque era onde eu pegava minha namorada do colégio com quem eu perdi a virgindade. E quando nós fomos lá, no lugar que eu apontei tinha um besouro...

— E você acha tudo isso coincidência...

— Para com essa coisa de sintonia! Daqui a pouco você vai achar que eu sou médium e vai me chamar de Pai Davi...

— Saravá, pai Davi!

— Eu sou um cientista, não acredito nessas coisas místicas. É tudo coincidência.

— Foi coincidência você desobedecer a sua mãe e o cara da loja de bijuteria, como você me contou, e levar o brinco na delegacia? Foi coincidência você desobedecer ao Machado, sair correndo como um louco e invadir o quarto segundos antes de eu ser morta? Foi coincidência você me dar o livro de psicologia infantil? Não tem nada de místico nisso tudo. Tem uma profunda sintonia, a sintonia que existe entre pessoas que se amam. O amor é uma força muito poderosa, Davi...

– É... pensando bem, não sei onde eu achei força para encarar aquele leão de chácara que ia te matar... Era uma força maior que o medo, maior que a desvantagem física...

– Quer ver como essa energia existe entre as pessoas que se amam? Quanto você quer apostar que o Maurício está com a nossa mãe, quando a gente chegar lá?

– Não quero apostar nada. Isso é bem possível...

– Sinta, Davi. Deixa um pouco de lado essa sua racionalidade e só sinta. E quanto você quer apostar que nossa mãe não queria que ele fosse lá, mas ele insistiu e foi?

– Você acha isso?

– Eu não acho, eu tenho certeza, eu sinto. E também não sou médium. Eu só amo você e nossa mãe.

– Eu acho que tenho sintonia é com besouro, ou ele comigo... É besouro no beco, besouro no broche, besouro na sua calcinha, besouro no seu desenho...

– Você viu o desenho?

– Vi os dois, o que você deu pra minha mãe e o que você deu pra sua amiga.

– Eu sempre gostei desse bicho. Ele tem uma casca grossa, uma armadura, que esconde asas delicadas que o fazem voar. São asas delicadas, mas poderosas, capazes de sustentar no voo aquele bicho pesado.

— Mas é um bicho que vive na bosta...

— Vive na bosta, mas é capaz de voar muito acima dela, e foi esse bicho que trouxe você até mim.

— Acho que é besouro que tem sintonia comigo. Eu sou o seu besouro...

38

O táxi os deixou na entrada do beco, com as malas e a frasqueira.

— É ali que você se senta, não é?

— É.

— Posso me sentar um pouquinho?

— Pode. Mas cuidado: se você ficar muito tempo, começa a pensar...

— Então vamos. Agora é hora de sentir, não de pensar.

Combinaram que ela esperaria um pouco do lado de fora, enquanto ele abraçaria a mãe e seria apresentado a Maurício, que eles tinham certeza de que estaria lá. Ao entrar, a mãe foi a primeira a se levantar do sofá.

— Oi, mãe. Me dá cá um abraço.

— Foi tudo bem, não foi? Você está com uma cara boa!

— É que eu estou feliz, mãe.

— Que bom... Eu estava morrendo de saudade.

— Eu também. Você é o Maurício, não é?

— Ai, que cabeça a minha... Nem apresentei...

— E você é o Davi. Sua mãe fala tanto de você, que parece que eu já o conheço...

— Espero que você esteja cuidando bem dela. Ela é uma mulher extraordinária.

— Não faço tudo que ela merece, mas faço o melhor que eu posso.

— Ai, filho, me desculpe. Eu tinha pensado em apresentar vocês em outra situação, mas o Maurício insistiu tanto...

— Tudo bem, mãe. A gente ia se conhecer um dia; por que não hoje?

— Foi o que eu disse pra ela. E aí, gostou de Brasília?

— Gostei sim, depois eu conto. Antes eu quero mostrar um presente que eu trouxe de Pirenópolis pra você, mãe.

— Pirenópolis?

— É uma cidadezinha bem legal, mais ou menos próxima de Brasília. Espera aí que eu que eu vou lá fora buscar... Entra...

— Raquel! Ai, meu Deus, é minha filha!

Um abraço emocionado calou a voz das duas, porque nada falava melhor que o próprio abraço e as lágrimas que uma vertia no ombro da outra. Também Davi e Maurício se emocionaram, mas contidos.

— Que ótima surpresa você trouxe, Davi. Só eu sei quanto sua mãe tem chorado por ela...

— E continua chorando, não é, Maurício?

— Só que esse é um choro bom de chorar...

Por fim as duas desfizeram o abraço e apenas ficaram acariciando o rosto uma da outra.

— Ai, que felicidade, filha! Pensei que nunca mais ia ver você...

— E não veria mesmo, mãe, se não fosse seu filho...

— Davi! Foi por isso que você foi pra Brasília? Você me enganou! Eu aqui pensando que você ia se afastar dos problemas e você foi atrás!

— E eu lá sou de fugir de problema?...

— Você me desobedeceu outra vez!

— Ainda bem, né, mãe?

— Se for pra me deixar assim feliz, pode me desobedecer. Mas você correu perigo, não foi?

— Mais ou menos...

— Mais ou menos nada, mãe. Ele enfrentou um bandido maior que ele e armado de revólver.

— Eu não falei, Maurício, que ele estava em perigo? Coração de mãe não se engana!

— Olha a sintonia aí, Davi...

— Você tinha razão, Virgínia. Mas o que importa é que agora está tudo bem. A propósito, Raquel, eu sou o Maurício.

— Acho que de certa forma a gente já se conhece. A mãe fala tanto de você e de certo deve falar de mim pra você, que só faltava mesmo era a gente se conhecer pessoalmente.

— Eu só não imaginava que você fosse tão bonita.

— Aí, mãe. Tá me paquerando...

— Você se comporta, Maurício!

— Fica tranquila, Virgínia. Esses dois chamam você de mãe, mas não me parece que se comportam como irmãos...

— É, Raquel? Você conseguiu? Essa aí, Maurício, desde criança dizia que ainda ia se casar com o Davi.

— Opa! Por enquanto ninguém falou em casamento aqui...

— Não falaram, mas vão falar. Eu sempre soube que vocês

dois nasceram um para o outro.

– Já sei, Raquel: sintonia. Deixa eu pegar as malas lá fora, que a conversa aqui tá ficando muito barra pesada!...

– Então levaram você naquela lonjura, filha? Como é que chama?

– Pirenópolis.

– E maltrataram você?

– Eu passei o tempo todo dopada. Todo dia vinha um cara e me aplicava uma injeção; eu ficava pouco tempo acordada.

– Quem fez isso com você, meu Deus! O que eles queriam?

– Isso foi feito a mando de um deputado.

– Esse que foi preso esses dias?

– Esse mesmo.

– Por que esse desgraçado fez isso?!

– Ele queria um diário que eu escrevi.

– Era isso que você estava procurando, Davi?

– Era. Mas eu achei. E continua guardado aqui. Vamos mostrar pra ela, Raquel?

– Vamos.

– Vem ver, mãe.

– No banheiro? Você escondeu no banheiro?! Onde?

– Tira o armarinho, Davi, que eu pego o diário.

– Mas que tinhosa essa minha menina! Nunca que eu ia achar aí. Era aí que você escondia seu dinheiro?

– Era. Este era meu cofre secreto.

– Mas olha só essa menina! Veja, Maurício, era aí que ela guardava o dinheiro que ganhava. Foi você que fez esse buraco na parede? Como que eu não vi?

– Levei tempo fazendo, cada dia um pouquinho, quando você e o Davi não estavam em casa. Tirei dois azulejos e fiz o buraco na parede. Eu era adolescente. Adolescente às vezes tem umas ideias meio tortas na cabeça. No começo, eu pensava em juntar dinheiro para comprar uma geladeira nova. Lembra aquela velha que não gelava nada?

– E agora: o que você vai fazer com esse caderno?

– Amanhã eu e o Davi vamos entregar para a Polícia Federal. É mais uma prova contra aquele maldito deputado.

– O que está escrito aí?

– Melhor você não saber, mãe.

– Você quer aquele dinheiro de volta, filha?

– Não, de jeito nenhum! É seu. É o seu dote de casamento com o Maurício.

– Não precisa não, Raquel. O que eu ganho não é muito, mas dá e sobra pra mim e pra Virgínia. Eu não quero mais que ela faça faxina.

– Então por que vocês não fazem uma viagem? Isso! Aproveitem o dinheiro para fazer uma viagem. Você está de férias, não está Maurício? Considerem meu presente de casamento. Você não acha uma boa ideia, meu amor?

– Acho sim. A mãe nunca teve férias na vida. Só trabalho duro que nem escrava. Leve ela pra viajar, Maurício.

– Pois é. Seria uma viagem de lua-de-mel. Vão pro Nordeste, pra Natal, Fortaleza, João Pessoa. Ou pro Rio, sei lá. Ficam num hotel cinco estrelas, já pensou?

– Pra ser sincero, não sei se o meu dinheiro daria pra bancar uma viagem como essa. Até daria, com algum sacrifício. Se ela quiser usar o dinheiro pra isso, eu topo, porque essa ideia de dar férias para a Virgínia me agrada muito. Se tem alguém que merece, é ela.

– Não sei não... Tem que andar de avião... Tenho medo...

– Fica sossegada, mãe. Garanto pra você que é uma viagem muito tranquila, até chata, de tão tranquila.

Essa conversa se prolongaria depois, numa pizzaria na Penha, numa interação familiar há tanto tempo desejada por Raquel. Pouco se tocou em problemas, que ficariam para o dia seguinte. Maurício e Virgínia deixaram os dois em casa e foram para o apartamento de Maurício. E aquela pequena casa no beco tinha seus derradeiros momentos de abrigar essa pequena família. No dia seguinte, Raquel e Davi ocupariam provisoriamente o apartamento nos Jardins, mais próximo das intensas atividades de Raquel, para resolver seus muitos problemas. Porque a vida das pessoas, diferente da dos besouros, tem múltiplas funções.

39

Dos problemas de Raquel, o mais fácil de resolver foi a venda do apartamento e a compra de outro, do jeito que ela queria. Ainda havia muitas decisões a serem tomadas, muitas providências, mas nada que abalasse seu relacionamento com Davi. Pelo contrário, a relação entre os dois só se fortaleceu. Maurício e Virgínia fizeram sua viagem de lua-de-mel, mas a de Davi e Raquel teria que esperar mais um tempo. Nada fácil livrar-se de Tamires. "Mas o que importa", como disse Davi, num dia em que Raquel se mostrou desanimada, "é que temos um futuro pela frente e há muitas coisas boas para acontecerem".

Agora, passado quase um ano de que se mudaram para o apartamento, Davi, sentado à frente de sua escrivaninha, junto a uma pequena pilha de livros de consultas, dá andamento à redação de sua tese de doutorado, que provavelmente estará terminada no ano que vem. Está sozinho em casa, porque Raquel foi até o shopping próximo ao apartamento comprar presentes para o Natal que se aproxima.

Bem distantes, neste momento, as correções de rumo na vida conturbada de Raquel. Dando uma pausa na redação, espreguiça-se sentado na cadeira confortável e se lembra do convite feito e aceito de passarem uns dias em Pirenópolis no sítio de Farias e Vânia. Vai ser bom rever o Alcino e nadar naquela piscina. E bom comer a comida de Elizete, que Farias disse ser extraordinária. Baixa lentamente os olhos, pensando em retomar o texto, mas o olhar para, por uns momentos, no desenho de besouro que mandou enquadrar e colocar na parede em frente.

S.P. abr/mai 2020

© 2023 Gílson Rampazzo.
Todos os direitos desta edição reservados à Laranja Original.

www.laranjaoriginal.com.br

Edição Filipe Moreau
Projeto gráfico e capa Marcelo Girard
Revisão Julia Páteo
Produção executiva Bruna Lima
Diagramação IMG3

Dados Internacionais de Catalogação na Publicação (CIP)
(Câmara Brasileira do Livro, SP, Brasil)

Rampazzo, Gílson
    O besouro e o diamante / Gílson Rampazzo. –
1. ed. – São Paulo : Editora Laranja Original, 2023.
– (Coleção rosa manga)

ISBN 978-65-86042-74-0

1. Romance brasileiro I. Título. II. Série.

23-163884   CDD-B869.3

Índices para catálogo sistemático:
1. Romances : Literatura brasileira B869.3
Eliane de Freitas Leite - Bibliotecária - CRB 8/8415

Laranja Original Editora e Produtora Eireli
Rua Capote Valente, 1.198
05409-003 São Paulo SP
Tel. 11 3062-3040
contato@laranjaoriginal.com.br

Fontes Janson e Geometric *Papel* Pólen Bold 90 g/m² *Impressão* Psi7/Book7 *Tiragem* 200 exemplares